Dominação e Submissão Erótica Vol. 4

Erika Sanders

Dominação e Submissão Erótica Vol. 4

Erika Sanders

Serie

Coleção Dominação Erótica

Imagem da capa: © krivitskiy- Pixabay, 2025

Primeira edição: 2025

Sinopse

Este volume contém quatro títulos BDSM românticos e eróticos de alto conteúdo.

- **Melhor um trio 2**:

Um colega de trabalho de Samy flerta com ela e os gostos sexuais de cada uma delas aparecem.

Samy confessa a ele que certa vez fez um ménage à trois com o marido, então namorado, e o melhor amigo dele.

Ele confessa para ela que gosta de anal.

Mas os dois dizem um ao outro que ser colegas de trabalho é uma pena, mas nada poderia acontecer entre eles.

Ou sim?

- Desejo de Sandy:

Sandy é uma esposa com filhos insatisfeitos com o prazer que o marido lhe dá na cama.

É por isso que ela tem um amante que lhe dá o que ela precisa, mas seu desejo desta vez será diferente ...

- Esposa dominante:

Em um casamento normal e enfadonho, o marido tem uma fantasia sobre como seria para sua esposa ser dominante na cama.

Um dia ele aproveita uma pergunta dela para tentar realizar sua fantasia e fazer com que sua esposa assuma o controle do sexo.

Ou foi um erro com consequências que você não podia prever ...?

Ou foi uma boa decisão ...?

- Requisitos para ser uma boa secretária (Interracial):

Gloria é uma jovem morena que procura com urgência um emprego para poder sair da casa dos pais e pagar o que precisa.

O Sr. Anderson está procurando uma secretária que atenda a seus requisitos exclusivos e exigentes.

Gloria pode aceitar os requisitos do Sr. Anderson e ser uma boa secretária ...?

Melhor um trio 2, Desejo de Sandy, Esposa dominante e **Requisitos para ser uma boa secretária (Interracial)** são histórias com forte conteúdo BDSM erótico e, por sua vez, também pertencem à coleção Dominação Erótica, uma série de romances com alto conteúdo BDSM.

(Todos os personagens têm 18 anos ou mais)

Nota do autora:

Erika Sanders é uma escritora internacionalmente conhecida, traduzida em mais de vinte idiomas, que assina seus escritos mais eróticos, longe de sua prosa usual, com seu nome de solteira.

Índice:

DOMINAÇÃO E SUBMISSÃO ERÓTICA
VOL. 4
ERIKA SANDERS

MELHOR UM TRIO 2

CAPITULO 1

Ele estava flertando com Samy por um tempo no trabalho.

Eu sempre pensei que poderia ser uma das garotas que brincaria no trabalho, mas nada nunca iria acontecer.

Foi um dia chato no trabalho e, como sempre, o assunto da conversa terminou em sexo.

Estávamos conversando atrevidamente sobre fetiches e ela estava me contando como tinha feito sexo a três com o marido Peter e outro garoto, amigo do marido, quando ainda namoravam.

Ela fez várias caretas sexuais enquanto dizia que adorava ser empurrada pelos dois buracos ao mesmo tempo.

Ele não tinha certeza se ela estava mentindo ou simplesmente atrevida.

Eu brinquei que gostaria que não estivéssemos trabalhando juntos porque talvez pudéssemos ter tido algum tipo de ação.

Ela concordou e disse que sim, era uma pena.

Duas semanas depois, quando terminamos o trabalho, todos fomos tomar uma bebida em um pub.

Após a quarta bebida, as pessoas começaram a mostrar sinais de um pouco de ressaca.

De repente, duas das meninas começaram a brigar.

Tudo terminou muito rapidamente, mas havia destruído a atmosfera do grupo e a maioria das pessoas já queria seguir caminhos separados ou voltar para casa.

Samy virou-se para mim e disse:

"Você não vai sair, vai?"

Da minha parte, eu estava me divertindo e queria mais algumas bebidas, então eu disse:

"Você não vai se livrar de mim tão facilmente!"

Fui ao bar e pedi mais algumas bebidas de rum com tequila.

Quando voltei com as bebidas, Samy começou a falar sobre o custo astronômico das bebidas.

Era caro, mas nada de incomum em lugares como esse.

Então eu disse a ele e apontei que ele estava fazendo barulho por nada.

Ele me bateu no peito dizendo:

"Vamos acabar com isso e ir para casa. Eu tenho uma geladeira cheia de coisas para beber e elas já estão pagas".

Pude ver que ele tinha um olhar malicioso no rosto, mas não sabia para onde estava indo com isso.

Fui direto e perguntei:

"Por quê? Se você está pensando o que eu acho que você está pensando, provavelmente não é uma boa ideia."

Ela se sentiu desprezada e olhou para mim com uma careta:

"Garoto maduro! Estou lhe oferecendo uma bebida grátis, seu idiota!"

Eu me senti como um idiota completo.

Pedi desculpas a ela e seu rosto se iluminou instantaneamente.

Ele disse que não importava, mas que a bebida ainda estava à venda.

Eu realmente não tive escolha.

Eu me senti muito culpado.

Terminamos nossas bebidas e fomos procurar um táxi.

Na parte de trás do táxi, eu quase esperava que ela sucumbisse a um pouco do meu flerte bêbado, mas ela ficou ao seu lado e parecia que eu realmente tinha uma idéia errada sobre o que ia acontecer.

CAPITULO 2

Chegamos à casa dele e Peter abriu a porta antes que pudéssemos abri-la.

Pelas palavras dele, parece que ele a tinha visto assim algumas vezes antes.

"Você voltou cedo", disse ele, "ela ficou bêbada e precisou que você a acompanhasse até a porta de sua casa?" Ele me disse.

Samy brincou com ele:

"Não! Não desta vez, ha ha ha!"

Contamos o que aconteceu e ele levou três cervejas para fora da geladeira.

Samy disse que tirava os sapatos e trocava jeans muito apertados para ela se sentar.

E Peter e eu começamos a conversar sobre futebol.

Dois minutos depois, Samy voltou para a sala com um par de botas de couro até a coxa e um sorriso.

Eu olhei para Peter e ele apenas riu e disse:

"Bem, eu não esperava isso!"

Eu realmente não conseguia entender a reação dele.

Eu deveria estar com raiva ou vergonha ou mais do que isso.

Parecia que a situação havia acabado de mudar e que haveria uma cena de sexo.

No final, Samy não tinha vergonha.

Meu Deus!

Olhei para Samy e disse:

"O que você está fazendo?"

Ela apenas sorriu para mim e se ajoelhou na frente de Peter, abrindo o zíper da calça como se eu nem estivesse lá.

Ela puxou seu pênis, que já era surpreendentemente grande e duro como pedra.

Ele se virou para me olhar com o pau na mão e disse:

"Lembre-se de que eu disse que fiz esse trio? Bem, agora é sua chance de participar, se você quiser. Você gosta de anal, certo?"

Então ela se virou e pegou todo o comprimento do enorme pau de Peter em sua boca.

Ela não parou.

Ela não estava nauseada.

Ela engoliu profundamente lá na minha frente.

Sua bunda parecia fantástica quando ela deslizou a cabeça para cima e para baixo do pau gordo do marido.

Eu me decidi na época.

Levantei-me para desabotoar minha calça jeans quando ela parou e olhou para mim com um sorriso malicioso:

"Oh, agora isso parece uma boa ideia, certo?"

Eu dei a ele um largo sorriso nervoso e dei de ombros:

"Bem, desde que eu estou aqui ..."

Ele se levantou e olhou para Peter antes de anunciar:

"É melhor subirmos", ele saiu da sala e subiu as escadas.

Eu olhei para Peter para ter certeza de que ele concordava com tudo isso.

Ele viu a preocupação no meu rosto e apenas sorriu:

"É ótimo quando ela é assim. Ela é a cadela mais suja que você quer que sua esposa seja. Vamos."

E com isso ele acenou para eu segui-lo e eu fui com ele também.

CAPÍTULO 3

Quando chegamos lá em cima, Samy já estava deitada na cama de costas, com as pernas bem abertas e os calcanhares na roupa de cama.

Enquanto usava o dedo indicador para me ligar, ela disse baixinho:

"Venha ver como estou molhada."

Mais uma vez, olhei para Peter para confirmar e ele riu enquanto desabotoava a camisa:

"Eu também que você decidiria rapidamente. Você não os verá assim mais do que hoje à noite."

Eu devo ter parecido incrédulo desde que ele acrescentou:

"Ela esta esperando por você!"

Eu devo ter parecido louco por causa da rapidez com que tirei minhas roupas.

Joguei tudo no chão e me arrastei até a linda boceta que estava à vista e esperando por mim.

Depois de vários beijos, olhei para cima para ver se Samy estava gostando da atenção entusiástica que ela estava colocando em sua vagina, mas Peter estava com as bolas na garganta.

Eu decidi dar uma pequena mordida em seus lábios suculentos.

Eu podia ver seu rosto se contorcendo de surpresa e ela deu um pequeno gemido.

Pelo menos ela sabia que estava lá.

Peter puxou seu grande pau da boca e Samy prendeu a respiração antes de agarrar os lados da minha cabeça para trazer minha boca para mais perto da dela.

Então ela me deu um grande beijo molhado.

Sua boca estava cheia de saliva por sugar o enorme membro de Peter.

Ele se afastou do meu rosto e olhou para mim:

"Quer tentar algo um pouco mais extremo?"

"Tive a impressão de que era um pouco excêntrico!" Eu respondi.

Samy riu e virou as costas para mim.

Ela chegou atrás de mim e puxou um pedaço de corda que estava amarrado em um arco e o colocou no meu pulso.

Eu olhei para ela meio curiosa, meio sorrindo quando ela alcançou o outro lado e fez o mesmo com minha outra boneca.

Ele se inclinou para frente para me beijar novamente e eu não notei suas mãos pegando algo debaixo do travesseiro e puxando um pedaço de corda que trouxe meus braços até os cantos superiores da cama.

Então ela avançou para empurrar sua buceta sobre o meu rosto.

Eu recebi a mensagem instantaneamente e comecei a lamber seus lábios molhados.

Ela agarrou a parte de trás da minha cabeça e começou a esfregar sua boceta no meu rosto.

Senti meu pau chegar atrás dela e começar a sacudi-la.

Sua mão estava molhada de sua vagina ou de sua boca.

Ele habilmente desliza para cima e para baixo no meu pau, envolvendo-o.

Olhei para o rosto de Samy e ela estava sorrindo como um gato de Cheshire.

Mas eu podia ver suas duas mãos enfiando minha cabeça em sua vagina, e ainda podia sentir a sensação quente e excitada em meu pau.

Eu imediatamente percebi que Peter era responsável pela minha excitação em seu pau.

Comecei a lutar, mas percebi que Samy estava me amordaçando intencionalmente com sua boceta molhada.

Eu poderia jurar que sua boceta estava umedecida ainda mais pela minha luta.

Ele falou em voz alta a Pedro:

"Eu acho que ele gosta, querida."

Ela olhou para mim:

"Você gosta de sexo oral, não gosta?" então ele riu quase maníaco.

Eu podia sentir a sucção cada vez mais rápido, e apesar da minha luta para deixar ir, meu pau não estava ciente das minhas preocupações e estava duro como uma rocha.

Peter saiu do meu pau e eu pude senti-lo colocando algo em volta dos meus tornozelos.

Ao mesmo tempo, Samy se afastou do meu rosto e disse:

"Isso não foi justo, foi? Você não sabia que eu ia fazer isso. Deixe-me te chupar agora" e com isso ele se virou para me agachar no meu rosto.

Sua boca estava quente e molhada.

Comecei a relaxar um pouco quando ela se reposicionou.

Ela manobrou seu corpo para que sua bunda estivesse na minha frente e chupando meu pau.

Seu rosto balançou para cima e para baixo no meu pau.

Peter se moveu para o pé da cama e Samy levantou a bunda para encontrar seu pau enorme.

Ele a agarrou pelos quadris e se enterrou profundamente dentro dela.

Sua boca correu até o fundo do meu pau e quando as bolas de Peter começaram a dar um tapa contra sua boceta, ela começou a morder a base do meu pau.

Sua língua ainda estava sugando o membro.

Isso me deu um calor estranho, mas eu gostei da sensação de seus dentes, quase agindo como um anel peniano, forçando meu pau a ficar tenso.

Olhei para Peter e percebi que ele não havia assimilado que estava chupando meu pau.

Não era a hora.

As coisas haviam retornado a uma situação mais aceitável naquele momento.

Em voz baixa, ela disse: "Mais forte!" e seu impulso ficou mais frenético.

Ele se inclinou para frente e segurou a cabeça de Samy no meu pau quando ele começou a bater nela.

Eu podia ver seus gemidos e náuseas e ela aumentou a força enquanto segurava a base do meu pau com os dentes.

Peter se retirou de repente e Samy levantou a cabeça, ofegando e sufocando com a própria saliva.

Ele se arrastou até mim e me beijou com sua boca úmida e úmida.

Eu podia senti-la deslizando sua boceta molhada para cima e para baixo do meu membro antes que ele agarrasse meu pau para deslizar dentro dela.

Sua vagina parecia que algo estava pegando fogo.

Ela se inclinou para trás e começou a andar no meu pau.

Ela sorriu para mim e perguntou:

"Você gostou do gosto da minha boceta?"

Eu balancei a cabeça e retornei o sorriso.

Pelo canto do olho, vi Peter se aproximar de um lado, subir na cama e montar em meu peito.

Comecei a protestar, mas estava amarrada demais.

"Pare, isso não é algo que eu faria. Eu não sou um garoto gay!"

Peter riu e aproximou seu pau do meu rosto.

Tentei virar a cabeça, mas não consegui força suficiente.

Peter estava empurrando seu pau duro na minha boca.

Ele podia provar o suco da boceta de Samy em todo lugar.

Eu tentei ficar com a minha língua, mas Peter começou a colocar seu peso atrás do seu pau para foder meu rosto.

Peter estava colocando seu pau cada vez mais na minha boca e eu podia ouvi-lo dizer:

"Isso não faz de você gay. Significa apenas que você está participando. Não vamos contar a ninguém, vamos, querida?"

Samy ofegou para ele, cavalgando cada vez mais forte no meu pau:

"Não, eu não direi a ninguém no escritório!"

Pedro reforçou:

"Somos apenas nós. E eu chupei seu pau primeiro."

Algo em mim cedeu.

Minhas inibições evaporaram e eu decidi que era inútil lutar e tarde demais de qualquer maneira.

Comecei a tentar chupar seu pau.

Reagiu instantaneamente:

"É isso aí. Oh droga, sim, chupa!"

Samy também reagiu.

Ele saiu do meu pau e disse a Peter:

"Foda-me novamente. Desta vez na cara dele."

Ele subiu no meu rosto e colocou as mãos na parede da cama.

Quando sua boceta chegou perto o suficiente, comecei a mover minha língua em direção ao seu clitóris.

Peter se reposicionou atrás dela, mas em vez de colocar seu pau na buceta dela, ele colocou de volta na minha boca.

Eu não esperei esse tempo.

Chupei o mais forte que pude.

Ele não esperou muito antes de puxá-lo para fora e enterrá-lo profundamente em Samy.

Ela ofegou:

"Eu quero que os dois me façam correr!"

Peter respondeu com os quadris, fazendo um movimento rítmico.

Suas bolas atingiram os lábios de sua vagina.

Lambi sua boceta animadamente e comecei a sentir sua buceta inchar.

Eu sabia o que aquilo significava.

Ela começou a gritar quando seu orgasmo estava se aproximando.

"Mais forte! Foda-me os dois enquanto eu gozo!"

Peter começou a colidir com ela e Samy começou a gritar.

Seu orgasmo a atingiu como um trem em alta velocidade.

Ela estava correndo sobre o meu rosto na hora do profundo golpe do pênis de Peter.

Apesar dos sons de Samy, ouvi Peter gemer alto e percebi que ele estava correndo também.

Sua resistência do momento começou a diminuir.

O barulho diminuiu.

O corpo de Samy começou a relaxar e Peter lentamente puxou seu pênis inchado para fora da boceta de Samy.

Enquanto isso, Samy me implorou:

"Coma minha buceta, me faça gozar de novo!"

Quando o pênis de Peter finalmente deixou sua boceta e estava prestes a chupar seu clitóris novamente, a poderosa carga branca de Peter escorria por toda a minha boca e língua.

Antecipando meu descontentamento, Samy apertou meu rosto e disse:

"Não se afaste! É a minha parte favorita."

Tentei ignorar o sabor salgado de seu esperma e continuar lambendo a buceta de Samy quando senti a boca de Peter em meu pau novamente.

Eu estava chupando forte e, de repente, minha boca estava trabalhando mais na buceta suculenta e usada de Samy.

Ela começou a moer e resistir novamente.

Seu orgasmo estava crescendo e o meu também.

Peter ia me fazer gozar.

Quando esse pensamento tomou conta de mim, senti a onda familiar do meu orgasmo se aproximando.

Samy estava começando a gritar quando seu orgasmo tomou conta dela.

Isso me incentivou a fazer o mesmo.

Senti a liberação do meu esperma na boca de Peter sem qualquer culpa.

Eu tinha certeza que ele tinha muito mais controle dessa situação do que eu.

Ele chupou meu pau avidamente até que eu terminei.

Samy estava ofegando muito agora quando Peter se levantou e a beijou.

Percebi que a boca dela estava cheia do meu sêmen que agora corria entre seus seios e sua barriga também.

E o que se seguiu foi inevitável.

Meu rosto estava preso entre suas coxas quando meu próprio esperma correu para os meus lábios.

Samy se afastou do meu rosto e se inclinou para me beijar profundamente.

O beijo provou de sua vagina, e também do esperma de Peter e meu.

Ela se sentou e suspirou profundamente:

"Isso foi divertido, hein?"

Eu ri nervosamente e disse:

"Bem, eu nunca fiz ... ... algo assim antes. Você pode me desamarrar agora?"

Um grande sorriso no meu rosto.

Samy riu:

"Não. Ainda estamos longe de terminar com você." Ele disse com um sorriso cheio de antecipação que me dominou.

CAPÍTULO 4

Peter se virou e sorriu para ela quando ele se inclinou e pegou uma mordaça vermelha brilhante da gaveta.

Peter pegou a mordaça com uma bola no meio e disse:

"Se você gostou, espere o início das coisas mais extremas ..."

Meu olhar deve ter sido um cruzamento entre confuso e desesperado quando Samy fez uma careta para mim como quando ele faz isso com um filhote de cachorro que ouve sua voz pela primeira vez.

"Oh ... olhe-o na cara. Ele não tem ideia do que está acontecendo."

Ela falou comigo com uma voz doce:

"Nós temos um filho aqui. Você ficará bem. Você apenas deixa os meninos grandes brincarem e nós vamos ensinar você a brincar enquanto avançamos."

Ele disse isso seguido por uma risada quase maníaca.

Eu estava tentando acertar, mas estava começando a entrar em pânico.

Eles já haviam demonstrado um flagrante desrespeito aos limites que podiam ter.

E eles também mostraram que sabiam usar cordas!

Samy pegou a mordaça da mão de Peter e montou em mim.

Ele trouxe a mordaça perto do meu rosto e falou em voz baixa:

"Não se preocupe. Vamos contar o que vai acontecer antes de fazer qualquer coisa. Tudo é muito divertido e todos vamos rir disso durante o café da manhã."

Eu me senti relaxar um pouco e, em resposta ao gesto de Samy, abri minha boca para morder.

Samy olhou para mim novamente e perguntou no mesmo tom como se você perguntasse a alguém se eles querem uma xícara de chá:

"Quer ver como eu encho minha bunda com o suco da minha boceta?"

Eu fiz um som borbulhante quando assenti e tenho certeza que você podia ver um sorriso no meu rosto ao redor da mordaça.

Ela se virou e ficou de quatro com sua buceta e bunda suculenta a poucos centímetros do meu rosto.

Ele alcançou debaixo de sua boceta molhada e esfregou-a até que sua mão estava coberta em seus sucos grossos.

Então ele passou a mão por cima da bunda e espalhou o suco por todo o rabo apertado.

Apenas alguns socos e ela já estava começando a deslizar um dedo dentro dele.

Primeiro o dedo médio e depois dois.

E eles foram mais fundo a cada golpe que ele dava.

Ele abaixou a boca no meu pau mole e o enfiou na boca.

Ela não chupou, mas segurou a cabeça com os lábios para poder alcançar sua boceta com a mão livre.

Em segundos, ela tinha três dedos na buceta e os mesmos três dedos da outra mão na bunda dela e estava gemendo sobre o meu pau que milagrosamente começou a responder.

Como ela deve ter sentido que eu estava ficando duro de novo, ela olhou para Peter.

Eu quase esqueci que estava lá.

Eu a ouvi de brincadeira perguntar:

"Ooh querida, ele está acordando de novo. E você?"

"Você sabe que eu não resisto à tentação de vê-lo quando você toca aquela bundinha fofa!" ele respondeu.

Samy olhou para mim:

"Você quer vê-lo foder minha bunda com seu pau?"

Mais uma vez, tudo o que pude realizar foi um gemido abafado e um aceno de cabeça.

Peter se levantou na cama e sem Samy se mexer, exceto por tirar os dedos de sua bunda agora ligeiramente aberta, ele se colocou sobre minha cabeça e enterrou seu grande pau no buraco esperando por Samy.

Ela ofegou e gemeu ao mesmo tempo.

Ele se retirou lentamente e começou a fodê-la ritmicamente.

Sua boca voltou para o meu pau, mas desta vez seus gemidos eram constantes.

Isso fez meu pau tão duro como se eu não tivesse vindo antes.

Não achei que isso fosse possível.

Samy estava tentando falar comigo entre seus gemidos altos:

"Você disse ... que gostava de anal ... você quer ... ... um pouco da minha bunda ... apertada no seu pau ...?"

Dessa vez eu não disse nada, apenas um olhar de aprovação e algum consentimento.

Como se em resposta ao fato de que sua "virada" tivesse terminado, Peter lhe deu um soco forte e se retirou.

Sua bunda ficou boquiaberta antes de fechar.

Samy rastejou pela cama e se virou.

Ele estava olhando para mim enquanto guiava meu pau em sua bunda.

Eu esperava que fosse menos apertado depois dos socos que Peter tinha dado a ele, mas era como um vício no meu pau.

Ela empurrou todo o caminho até que eu a enchi até a base do meu pau.

"Isso é tão bom para você quanto para mim?"

Eu só podia concordar quando ela se moveu em torno da base do meu pau.

Samy se abaixou e esfregou o clitóris.

Eu podia ouvir como ela estava molhada.

Ela manteve contato visual comigo enquanto levantava a mão agora encharcada e experimentava seus próprios sucos.

Ela lentamente começou a mover meu pau.

Não para cima e para baixo, mas um movimento circular.

Peter levantou-se da cama e se manobrou atrás de Samy.

Ele a agarrou pelos cabelos e forçou o rosto na minha direção.

Eu não sabia o que estava acontecendo, mas notei quando a bunda de Samy parecia incrivelmente tensa e seu rosto mostrou a tensão do pênis de Peter forçando seu caminho com o meu.

Ele perguntou suavemente: "Você está bem, querida?" e ela assentiu vagamente.

Ele lentamente acariciou seu pau dentro e fora de sua bunda. Eu podia sentir isso deslizar pelo meu membro também.

O movimento rítmico foi incrível.

Samy se apoiou no meu pescoço quando o soco de Peter ficou mais duro e mordeu meu ombro quando atingiu um nível latejante.

Samy estava esfregando sua boceta novamente e seus gemidos ficaram cada vez mais altos.

Ela começou a resistir e eu pude sentir o pênis de Peter sair quando o corpo de Samy perdeu o controle sob a onda do orgasmo.

Ela levantou o corpo do meu pau e depois colocou todo o seu peso em mim.

Eu podia ouvi-la sussurrando no meu ouvido, "Então você gosta de anal?"

Ela levantou a cabeça para olhar para mim e eu tentei sorrir ao redor da mordaça enquanto ela assentia.

Ela devolveu o sorriso e recostou-se para continuar sussurrando:

"Eu lembro de você dizendo que tinha uma namorada que enfiou o dedo na sua bunda. Eu também lembro de dizer que você não se importava. Menino travesso! Você quer que eu chupe o suco do seu pau enquanto eu toco sua bunda?"

Eu não podia acreditar no que estava ouvindo.

Ele já havia gostado quando antes.

Eu até havia secretamente comprado um plug anal por algum tempo para uso pessoal, mas não me lembro de contar a Samy sobre isso.

Às vezes, esse flerte no escritório devia ter se desviado para outros tópicos quando ele não estava prestando atenção.

Meu olhar foi suficiente para Samy.

"Não se preocupe, eu vou aceitar isso como um 'sim'."

Ela deslizou seu corpo pesadamente pelo meu.

Ela ainda deve estar sentindo os efeitos de seu orgasmo.

Ele desceu no meu pau e olhou para Peter.

"Querida, me dê um pouco de lubrificante."

Ele não fez nenhum movimento quando pegou uma garrafa de lubrificante da cômoda e derramou um pouco sobre a mão de Samy.

Senti calor quando ele espalhou por toda a minha bunda.

Samy nem olhou para Peter quando ele disse:

"Querida, você poderia levantar suas pernas para mim?"

Eles ainda estavam amarrados desde quando eu fui dormir.

Mais uma vez, Peter fez como lhe foi dito, sem falta de compostura.

Ele alcançou debaixo da cama e, exatamente como parece, soltou as cordas que seguravam meus tornozelos e seguravam os dois, um em cada extremidade do que parecia uma alça de vassoura.

Então ele estendeu a mão para o longo bar que mantinha minhas pernas separadas.

Levantando minhas pernas com ele para prender a barra a um pedaço de corda que estava preso a um gancho no teto que eu nem tinha notado antes.

Agora ele estava deitado de costas com as mãos amarradas e as pernas no ar, bem abertas.

Samy quase gritou quando exclamou:

"Ah, sim! Isso será muito mais fácil!"

Ele esfregou o lubrificante sobre o meu ânus e se inclinou para lamber meu pau.

Era tão bom ter sua boca quente no meu pau enquanto seu dedo lentamente se encontrava cada vez mais fundo na minha bunda.

Eu não tinha certeza, mas acho que ela olhou para mim alegremente quando anunciou que seu dedo estava completamente dentro,

"Eu vou tentar duas!"

Ele empurrou um segundo dedo e ficou surpreso ao descobrir que, em vez de machucar ou ficar desconfortável, isso apenas aumentava a intensidade do meu prazer.

Talvez eu estivesse usando meu próprio conector de bunda mais do que pensava.

Eu pude ouvir Samy gemer novamente e percebi que ela tinha fechado os olhos.

Olhei para Samy e pude ver que Peter havia encontrado um bom lugar atrás dela novamente.

Ele estava entrando e saindo lentamente dela.

Eu não sabia dizer em que buraco estava, mas pelos gemidos de Samy, suspeitei que estivesse na bunda dela.

Seu impulso estava ficando mais duro na minha bunda, mas o sentimento melhorou ao fazê-lo.

Eu estava gemendo quando ela olhou para mim, tirou meu pau da boca e ofegou:

"Já são três dedos! Garoto sujo. Talvez um vibrador seja melhor para você. Provavelmente nem tão grande quanto três dedos. Vamos tentar!"

Ele não estava em posição de protestar.

Literalmente!

Sem nem parar, Peter se inclinou para trás na gaveta da cômoda, abriu-a e puxou um longo vibrador de látex.

Não era muito grosso, mas era claramente um vibrador duplo.

Samy rapidamente me tranquilizou:

"Não se preocupe, eu não vou colocar tudo."

Ela borrou mais lubrificante na minha bunda e, sem hesitar, colocou dentro de mim.

Samy estava fodendo minha bunda com um vibrador e parecia o paraíso.

Ele nem estava chupando meu pau e ainda parecia o paraíso.

Ela estava gemendo alto quando a ouvi dizer:

"OMG, você conseguiu quinze centímetros, garoto mau!"

Eu não podia acreditar, mas eu podia sentir os longos golpes do vibrador dentro e fora da minha bunda.

Então ela pegou, empurrou Peter para longe dela, levantou-se e anunciou:

"Eu tenho uma idéia!"

Peter pareceu confuso quando ela ficou na ponta dos pés e sussurrou algo em seu ouvido.

Um grande sorriso apareceu em seu rosto.

Senti uma onda de ansiedade.

Esses dois haviam planejado muito esta noite e agora ele estava saindo brincalhão para eles.

Samy voltou para a gaveta de onde o vibrador veio e puxou um curativo.

Ele trouxe para mim e sentou na cama ao meu lado.

"Quero deixar seus sentidos assumirem o controle. Tirando os olhos de olhos vendados, seu sentimento vai orbitar você! Confie em mim."

Não o fiz.

Ele colocou a venda em mim e eu me vi levantando a cabeça para que a alça estivesse para trás.

Todas as fibras do bom senso que eu tinha me dito para protestar, mas meu corpo gritava para eu 'simplesmente aceitá-lo'.

Samy se moveu novamente e estava tentando sentir o que estava acontecendo quando eu podia sentir Samy lambendo meu pau.

Foi confirmado quando a ouvi perguntar:

"Isso não é melhor?"

Eu gemia um ruído afirmativo e ela avidamente me deu um boquete desleixado.

Senti sua mão em volta da minha bunda e seus dedos sondando meu buraco.

Ela não podia ouvir Peter, mas podia sentir o peso da cama se movendo com um deles se movendo sobre ela.

Samy parou de chupar meu pau e eu pude sentir um deles perto da minha bunda exposta.

"Se você gostou do vibrador ..." disse Samy.

Alguns segundos se passaram quando senti minha bunda esfregar antes de perceber o que estava acontecendo.

Peter estava começando a empurrar seu grande pau dentro de mim.

Ele vira isso de perto, destruindo a bunda de Samy.

Ele queria detê-los, mas estava amarrado como um peru, com os olhos vendados e lutando contra uma sensação avassaladora de prazer.

Meu corpo estava no céu enquanto minha psique tentava se rebelar de toda a situação.

Seu pênis era mais largo que o vibrador e estava começando a entrar em ritmo quando Samy falou:

"Apenas relaxe. Você sabe que é bom. Deixe-me chupar seu pau enquanto ele transa com você e eu aposto que será tão bom que" você chegará em pouco tempo! "

E ela fez isso.

Ela estava chupando meu pau com grande entusiasmo do jeito que parecia.

As primeiras dores de um orgasmo iminente vieram a mim.

A confusão na minha cabeça era como um turbilhão de certo, errado, gay, hetero, tabu e prazer.

Eu estava indo gozar com o pau de um homem na minha bunda.

E eu estava gostando.

Goste ou não.

O pênis de Peter estava agora se movendo tão forte e rápido que eu podia sentir suas bolas me atingindo e ele afundou ao máximo a cada golpe.

Samy também aumentou sua velocidade.

Eu estava me aproximando.

Eu podia sentir meu corpo começar a balançar quando eu gemia e quando os dois ouviram, ambos aceleraram.

Peter estava gemendo enquanto fodia meu ânus descontroladamente.

Samy estava gemendo no meu pau.

Sem dúvida, esfregando sua boceta furiosamente.

Meu corpo estremeceu com força e eu me fundi comigo naquele momento, pois tive o melhor orgasmo da minha vida.

Minha bunda e meu pau, ao mesmo tempo, foram os epicentros do orgasmo que me atingiram.

Samy apertou a boca em volta do meu pau e eu disparei minha segunda carga da noite.

Quando minha percepção do meu ambiente se reorientou, senti Peter deslizar lentamente pelas minhas costas.

Samy estava se movendo em volta da minha cabeça para remover a mordaça.

Quando saiu da minha boca, eu queria ofegar pesadamente, mas eu podia senti-la ali tentando me beijar.

Abri minha boca e sua língua invadiu minha boca junto com uma mordida do meu próprio esperma.

Não sabia o que fazer.

Ela manteve a boca fechada por um momento mais antes de levantar a cabeça e eu podia sentir meu esperma correndo pelo lado do meu rosto.

Depois disso, um momento de silêncio se seguiu.

Samy falou com Peter primeiro:

"Você gozou? Na bunda dela? Oh bebê! É a primeira vez."

E então para mim:

"Eu aposto que você nunca veio enquanto sua bunda fodia antes, hein?"

Eu nem tinha notado.

No meu próprio entusiasmo, a corrida de Peter tinha sido um show paralelo que eu nem conhecia.

Senti algum movimento e percebi que Peter estava desengatando minhas pernas.

Samy se mudou para ajudar a desamarrar meus pulsos.

Enquanto isso, tirei o curativo.

Demorou um segundo para meus olhos se ajustarem.

Os dois estavam sorrindo.

Finalmente tive a oportunidade de falar:

"Vocês dois são loucos!"

Minhas palavras traídas pela minha incapacidade de manter um sorriso no rosto.

Samy foi o primeiro a responder:

"Há uma moral nessa história. Não diga 'não' quando seria melhor dizer 'sim'".

Peter riu:

"Que tipo de merda filosófica é essa?"

"Eu não sei. Acabei de inventar."

Samy olhou para mim e disse:

"As toalhas estão lá na prateleira", e ele apontou para a porta do banheiro.

Ela olhou para Peter:

"Uma xícara de chá?" e eu sorrio.

Pedro simplesmente respondeu:

"Está bem".

CAPÍTULO 5

Tomei banho e tentei colocar meus pensamentos em ordem.

Quando eu mequei e me vesti, desci as escadas e encontrei os dois na cozinha.

Meu chá no balcão.

"Pedimos um táxi para você. Você deve estar aqui em dez minutos." Peter disse

Em dez minutos o táxi chegou.

Eles me desejaram boa noite como se eu tivesse acabado de tomar uma xícara de chá.

Samy piscou para mim e eu entrei no táxi.

Esse foi o meu primeiro trio com um homem.

FIM

O DESEJO DE SANDY

"Vou esperar por você no quarto de hotel de hoje à noite, preciso de você."

Sandy desliga o telefone para Sam, antecipando nervosamente sua grande noite.

Você nunca deu passos tão ousados com nenhum outro amante.

Embora exigente e faminto como um lobo, nenhum homem tocou suas paixões mais profundas como esse amante.

E quando ela timidamente diz a ele, para seu deleite, ele é receptivo a isso.

Sua mente ficou louca.

Esse amante pode realmente dar a ela o que ela deseja?

Em sua rotina diária, Sam é um homem poderoso e bem-sucedido, um homem que em seu mundo todos para para ouvi-lo.

E em seu mundo, Sandy é uma mãe suburbana tranquila e casada, também ouvida, mas apenas por crianças pequenas.

Ela quer controle e respeito quase tão fortemente quanto ele quer que alguém cuide dele.

Alguém para assumir a responsabilidade.

Alguém para aliviar a pressão de estar sempre no comando.

***

Sandy fica em frente à porta do quarto de hotel, sabendo que ele está esperando por ela lá dentro.

Bate nervosamente na porta.

Invocando sua coragem e lembrando-se de suas fantasias, ela faz um pouco de sua parte.

"Abra a porta agora, ou eu estou indo para casa."

Sam sorri com a voz de seu amante que o ordena.

Ela quase consegue ouvir o riso musical que acompanha a maior parte de seu discurso, sabendo que ele em sua vida, em geral, a faz rir e isso, em particular, é uma mudança de ritmo para ela, então ela deve explodir de alegria.

Quando a porta se abre, ela evita um sorriso.

Ele sorri para ela e seus olhos perfuram os dela em uma tentativa involuntária de lutar pelo controle da situação.

"Hoje não, Sam. Hoje não. Hoje à noite eu estou no comando, não você. Tire tudo e vá para a cama. Agora mime-me ou eu irei."

Sandy fala essas palavras com crescente confiança.

Sua voz ressoa firmemente.

De pé, com os pés firmemente plantados no chão, Sandy o observa se despir.

Cada peça de roupa que ele tira revela um pouco mais do seu incrível corpo.

UAU.

Como ela gosta.

"Agora deite na cama. E não se mexa, Sam, ou eu vou. Estou falando sério."

Sandy parece séria e firme, seu primeiro exercício de controle e com a excitação crescendo a cada minuto.

Ele se deita na cama, sua masculinidade, no momento solta, cresce lentamente, criando uma linha perpendicular ao corpo deitado.

"Seus olhos em mim. Olhe para mim."

Sandy está de pé ao pé da cama, seu amante nu na frente dela.

Ao remover cada item de roupa muito lenta e deliberadamente.

Puxando lentamente a camisa por cima da cabeça, ele para na frente dele.

Seu decote se sobressai das xícaras do sutiã preto, tentando fracamente manter os seios no lugar.

Sua cintura fina é coberta por um espartilho preto, amarrado na frente para enfatizar suas curvas.

Lentamente, ela tira a saia, polegada a polegada, revelando uma minúscula tanga com miçangas pretas e laços delicados, também pretos, em cada quadril.

Virando-se para que ele olhe para as costas dela, ela desabotoa lentamente o sutiã para que seus seios se movam livremente sobre o espartilho, liberado de sua prisão temporária.

Sandy suspira de alegria.

De costas para o amante, ela vira a cabeça no ombro dele e avisa novamente:

"Não se mova".

Virando-se devagar e expondo seus deliciosos seios a ele, ela segura o sutiã nas mãos.

Jogando-o em direção à cama, ele cai em seu joelho.

A renda do sutiã faz cócegas no joelho e ela se abaixa para removê-lo.

Sandy o olha severamente:

"Este é seu primeiro aviso. Não se mexa. Você sabe muito bem o que acontecerá se o fizer."

Enquanto ele luta para ficar parado, ele sente que o sutiã o está deixando desconfortável, fazendo cócegas no joelho.

Está cada vez mais consciente de sua presença.

Sua pele formiga com o desejo de coçar.

Enquanto seus olhares continuam a se encontrar, Sandy puxa lentamente os laços nas laterais de sua calcinha preta, desatando-a.

Enquanto isso, ele cai no chão, junto com as outras roupas.

De pé, agora completamente nua, exceto pelo espartilho, Sandy ergue lentamente o joelho esquerdo do pé da cama para o colchão, prestes a rastejar em sua direção.

Erguendo o outro joelho, ela está aos pés dele.

Com as mãos esticadas para a frente, seu corpo balança levemente com luxúria descontrolada.

Ela balança de joelhos, imitando seu desejo de montar em seu pênis duro, enquanto olha luxuriosamente em seus olhos.

Sam está lá, pronto para manter as mãos ao lado do corpo, lutando contra o desejo de assumir o controle desse lindo gatinho sexual ao pé da cama.

Ele se lembra de quanto tempo eles esperaram para consumar essa fantasia corretamente, e ele quer cumpri-la até o último detalhe.

Ele se contorce impaciente, lembrando a si mesmo que, se ele se mexer, arruinará esse jogo delicioso.

Seu pênis está firme na atenção e Sandy não pode deixar de notar o quão absolutamente apetitoso ele parece.

Lambendo os lábios sugestivamente, ele encontra o olhar dela, notando o suor que se forma em seu lábio superior.

Enquanto ele luta para seguir os desejos dela naquela noite.

Ela para e percebe que seu sutiã ainda roça o joelho, sabendo que o material do tecido deve estar deixando-o louco.

Felizmente para ele, ela o tira do joelho.

Mas então ela corre o tecido de malha e amarra-o lentamente na coxa, sobre a virilha, acariciando levemente a pele, até que ela finalmente o joga atrás dela na pilha de roupas descartadas ao pé da cama.

Deslizando seu corpo graciosamente, ela coloca a boca a centímetros da dele.

Olhando para os lábios, ela sabe que esta é a boca que ela beija com paixão crua, com tanta fome.

Ela sabe que ele está lutando contra seus desejos mais fortes de não ficar parado e devorá-la com a boca.

Sentada no peito, apoiando o corpo com as pernas fortes, a vagina disposta e a pele exuberante roçam o torso.

Montado nele, ela gentilmente pergunta:

"Você gostaria de me testar?"

Tremendo, sabendo que eles trocaram completamente o poder naquela noite, ele só pode concordar.

Em resposta ao seu aceno, Sandy passa o dedo do meio sobre a fenda pingando, levantando-se levemente para ele olhar.

Com o dedo brilhando com os sucos, ele passa por baixo do nariz, sem tocar na pele.

"Você pode me cheirar, Sam?"

Ele assente novamente.

"Você gostaria de me testar, Sam?"

Sandy absorve completamente seu papel de estar no comando e gosta de tentá-lo e provocá-lo, sabendo que até o final da noite, eles terão experimentado algo inteiramente novo.

Sandy toca seu lábio superior trêmulo com o dedo, alimentando-o com seus sucos como um oásis no deserto.

Quando você passa o dedo pelos lábios dela, ela se inclina para a frente, e os seios balançam e roçam no peito ao fazê-lo.

Estendendo a língua, ele lambe apenas os lábios, compartilhando seus sucos, saboreando seus lábios, impedindo-se de devorá-lo, sabendo que quando ele a beijar, ele perderá o controle que se esforçou tanto para alcançar.

Lábios apertados quando ela tocou, Sandy rapidamente recuperou sua leve perda de compostura.

Enfiando o dedo entre os dentes dela, ele lambe sua essência.

Os olhos dela e os dele nunca se separam e, com o olhar deles, eles já se foderam milhares de vezes antes de suas partes do corpo convergirem.

Deslizando um pouco pelo torso, sua bunda brinca com seu pênis ereto enquanto suas nádegas envolvem sua masculinidade latejante enquanto ele luta para empurrar entre as pernas dela.

Ela continua a deslizar para trás, sua flor quente e quente roçando a ponta de sua haste dura, tentando e provocando-o com seu calor.

Ela desliza pelas pernas dele, que ele luta para manter imóvel, até que sua boca alcança seu enorme tesão.

Deslizando lentamente a ponta da língua entre os lábios dela, Sandy lambe a cabeça, mas nada mais.

Seu amante luta para empurrar profundamente em sua garganta, mas ela se recusa a sucumbir ao seu desejo de calá-lo com a boca.

Em vez disso, ela o atormenta lentamente, apenas lambendo como uma casquinha de sorvete, saboreando a cabeça arredondada de seu pênis.

"Você quer mais, Sam?" Sandy pergunta docemente.

"Uh huh", uma resposta estrangulada emerge de sua garganta.

"Eu preciso que você mostre o que você quer. Mostre-me o que devo fazer com sua boca."

Quando Sandy diz isso, ela desliza o corpo para cima do pênis dele em sua boca, onde ela planta sua buceta pingando ao lado da boca.

"Mostre-me como você gosta de ser lambida. Eu preciso aprender e só você sabe o que você mais precisa."

Sandy monta a boca diretamente, segurando o lado da cabeça com as duas mãos, guiando a cabeça para frente para colocar a boca e a buceta em contato direto.

"Coma-me. Mostre-me o quanto você me ama."

Quando ela ordena que ele faça isso, Sandy libera a cabeça e se inclina para trás em seus braços, trazendo sua boceta para a boca.

Inclinando a cabeça para trás em êxtase, ela percebe que seu amante está desfrutando plenamente de sua encenação novamente, enquanto ele torce avidamente sua vagina, sabendo que se ela fizer um bom trabalho, as recompensas serão imensas.

Passando a língua pelos lábios, abrindo a flor, chupando o clitóris, ela alternadamente se sente mais incrível em sua boca faminta.

Ele continua a lamber até que sua excitação desce pelo queixo dela.

Ele estende a mão para agarrar seus quadris e ela se afasta rapidamente.

"Eu disse para você não se mexer. Este é o seu segundo aviso."

Quando ela rapidamente retira sua boceta da boca, ela observa o olhar confuso nos olhos de seu amante.

Incapaz de ficar totalmente no papel, Sandy se inclina para frente e gentilmente lambe os sucos de seu rosto, beijando suas bochechas e olhando nos olhos para que ele entenda que ela realmente está jogando o jogo, mas que nada realmente a afastará dele. ele.

Depois que ela lambe a boca dele, o lembrete de sua própria excitação quase a faz perder o controle.

Tremendo para manter seu papel, ela rapidamente se afasta dele novamente e sai da cama para olhar para seu amante deitado ali, esperando seu próximo passo.

Seu pênis brilha onde ela lambeu a cabeça, mas ela percebe uma pequena gota de fluido pré-seminal empurrando da ponta.

"Sam, parece que você está muito animado. Você pode me falar sobre isso?"

"Você está me deixando louco, Sandy. Esta é a tortura mais doce que eu já conheci."

"Bem, Sam, a paciência tem suas recompensas e eu quero que nós dois aprendamos alguma coisa. E não estou perto de acabar com você."

Enquanto ela diz isso, ela rapidamente se levanta da cama e se inclina para dar a seu amante uma visão de sua bunda maravilhosamente arredondada.

Ele geme lascivamente, sabendo que ele só tem que olhar.

Ela tira algo da bolsa e se vira segurando um objeto pequeno, mas com o punho fechado, obviamente, porque ela não está pronta para ele ver.

"Feche os olhos", ele ordena.

Cada parte de sua força de vontade é testada, pois as únicas restrições e proibições que eles usam para essa encenação são puramente mentais.

Ele optou por não mover ou abrir os olhos simplesmente porque Sandy solicitou.

Ele sente o corpo dela se sentar ao lado dele e o colchão se move levemente, como ela deve ter se sentado ao lado dele.

Sua pequena mão toca a cabeça de seu pênis, seu dedo esfregando o fluido pré-seminal em torno do topo.

"Sam, parece que você está pronto para explodir. Mas eu estou pronto para isso. Mas não se preocupe e não abra os olhos ou se mova."

O silêncio é ensurdecedor, pois o único som na sala é sua respiração cada vez mais difícil.

Sandy agarra seu pênis com uma mão e com a outra desliza algo sobre sua cabeça, um anel de metal frio que faz um arrepio percorrer seu corpo e fazer suas costas tremerem.

Ela desliza o anel até a base de seu pênis, e seu pulso se contrai.

Imediatamente, ele se sente mais forte e inchado.

"Abra seus olhos."

Seu amante abre os olhos e vê um flash de metal e um rolamento na base de sua ereção maciça.

"Um anel peniano, hein?"

"Este é meu coringa de segurança, Sam. Eu tenho muitas coisas para fazer com você e não quero que isso termine antes de começar. Você consegue sentir?"

"Sim, está apertado."

"É incomodo?"

"Não, apenas diferente."

Seu amante engole, um pouco nervoso, por nunca ter usado nenhum tipo de brinquedo adulto.

"O rolamento foi projetado para me dar prazer. Vou ver como se sente. Fique parado."

Sandy está gostando de seu jogo de controle e sua excitação está começando a aumentar.

Seus sucos quentes fluem livremente, então tudo o que ele precisa fazer é montar nele e descer sobre ele, o que imediatamente o enche de seu pau enorme.

Inclina-se para a frente, fazendo o rolamento rolar sobre o clitóris.

Seu corpo imediatamente aquece o metal frio e ela pressiona sugestivamente contra seu ponto mágico enquanto ela avança.

Seu membro arqueando um pouco quando ela aperta o rolamento.

Ele agarra os pulsos dela com as mãozinhas, embora qualquer tipo de restrição seja meramente simbólica, já que ele poderia derrotá-la facilmente.

Seu jogo não é realmente sobre poder.

Ela simplesmente se apresenta como a agressora, a heroína conquistadora.

Com uma piscada astuta de entendimento tácito entre eles, o prazer mútuo se intensifica.

"É isso que eu quero, Sam. Você pode me sentir? Você pode sentir o quão quente você me faz?"

Sandy morde o lábio inferior enquanto pressiona com mais força.

As paredes de sua vagina se apertam, segurando o membro de Sam com domínio possessivo.

Ela se levanta mais alto, apertando seu membro enquanto ele sente o anel do pênis restringir sua excitação, tornando-o mais difícil.

Sam faz uma careta quando seu instinto é jogar seus quadris descontroladamente nas profundezas de seus encantos femininos.

Mas lembrando que ele já tem duas ressalvas, ele luta para se segurar.

Sandy desliza até o topo de seu pênis, com apenas a cabeça dentro dela e fica perfeitamente imóvel, pronta para liberá-lo ou cercá-lo.

O momento de tensão é prolongado quando Sandy permanece perfeitamente imóvel.

"Sam, você está gostando disso? Você gosta de como seu amante brinca? Você pode me seguir de novo?"

A brincadeira brincalhão de Sandy emociona Sam quando ele percebe que pode cruzar a linha apenas uma vez.

Em vez de responder, ele levanta os quadris e afunda seu membro latejante e viril nela.

O anel do martelo rola sobre o clitóris e ele sorri de brincadeira para ela,

"Três avisos me mandam para o banco?"

Sandy se encolhe por um momento, pronta para ficar no controle e sorri de volta para Sam:

"Analogia do beisebol, hein? Eu diria que isso é um aviso ruim. Vamos dar outro passo."

Sandy continua segurando o pulso de Sam com um tipo de aperto falso enquanto ela se afasta com relutância.

Olhando para isso, a premissa do jogo de repente perde importância.

Ela quer que esse homem empurre dentro dela e está perdendo sua força de vontade às vezes.

"Acho que preciso checar com o arremessador", diz Sandy, mantendo viva a analogia do beisebol, mas se inclina para beijar Sam.

Pressionando a boca contra a dele, ela geme lascivamente, enquanto a dramatização evapora rapidamente.

Sem fôlego, ela se separa dele.

"Foda-me agora. Essa é a minha ordem, Sam."

Sam sorri para sua Sandy e dá um suspiro de alívio.

"Com ou sem essa coisa?"

Sam aponta para o anel peniano curiosamente.

Com isso, até que você esteja prestes a chegar ao clímax, eu vou tirar isso de você. "

Sandy se vira de costas e abre as pernas com um convite sedutor.

"Sam, lembre-se de que ainda estou no comando e quero que você me foda com a boca."

"Felizmente, minha senhora. Felizmente. Agora é sua vez de ficar parado."

Enquanto Sandy abre as pernas, Sam fica entre eles e avidamente gira a língua entre eles, sentindo o néctar. deslize em sua língua, fluindo agradecido por sua excitação.

Enquanto ele lambe sua flor aberta, andando ao seu redor, Sandy geme com um desejo de desejo primitivo.

Sandy se perde nas sensações da língua de Sam e flutua para um lugar longe de seu quarto de hotel.

Agarrando a cabeça dele, ela o convida silenciosamente a se juntar à sua jornada extática.

Sam mede suas respostas e sabe que está à beira de seu orgasmo.

Ele desliza seu corpo para cima, seu gosto ainda nos lábios dela.

Enquanto ele empurra seu pênis dentro dela, ele a beija na boca profundamente.

Ao entrar facilmente, Sam sente suas paredes trêmulas o cercando.

Ela sente seu anel contra seu clitóris enquanto Sam empurra repetidamente, mostrando a ela que são necessários dois, não um, para fazer amor.

Ela dobra as pernas para trás até que descansem nos ombros de Sam, e ele a penetra completamente.

Seu corpo está cheio dele, seu clitóris faz cócegas e ela sente toda a profundidade de sua feminilidade.

Sam consome seu rosto, pescoço e ombros com seus beijos.

"Oh sam"

Sam acelera o passo, sabendo que sua Sandy está muito perto do clímax.

Ela começa a se mexer e ele se lembra da premissa da noite.

"Você está pronta, minha amante?"

"Eu estou."

Parando por um momento, Sam se afasta de Sandy.

Ela agarra seu pênis, saturado com seus sucos, e rola o anel do pênis.

A bola de metal arredondada traça um caminho invisível ao longo de seu pênis.

Segurando o anel brilhante na palma da mão, ela sorri para o símbolo do êxtase mútuo.

Sandy coloca o anel na boca e lambe a circunferência, nunca tirando os olhos dos de Sam.

Segurando o anel entre os dentes, ela se inclina para Sam quando ele o puxa para fora dos dentes, apenas para jogá-lo na cama.

"Você é tão bonita que nada pode me impedir de querer estar dentro de você, em todos os sentidos."

"Leve-me, meu amante."

Sem mais palavras, Sam empurra sua ereção furiosa para a abertura faminta de Sandy.

Ela quase o cumprimenta lá dentro com um grito de boas-vindas.

Repetidamente, ele a empurra violentamente, repetidamente.

Sandy geme com paixão incontrolável.

"Mmmmmmmmmmmm, Sam. Oh querida. Então, tão, mais alto, muuuuito."

"Oh, querida Sandy, eu te amo muito."

"Vamos Sam, mais difícil."

Sam faz uma pausa por um momento, saindo do calor de Sandy.

"Sandy, eu estou pronta para explodir. Você está pronta?"

"Eu estava pronta para você no momento em que você entrou, Sam."

Quando Sandy diz isso, ela se agacha, guiando Sam de volta à sua abertura ansiosa.

Com um movimento rápido, Sam empurra em direção a Sandy e aperta os dentes.

Enterrando seu pênis latejante profundamente nela.

Ela geme como uma mulher que de repente foi preenchida com tudo o que precisa.

"Oh Sam, você ainda tem algo enorme para mim."

"Por que seu marido não prepara isso para você. Eu tenho me mentalizado o dia todo. Adorei ver você assumir o controle."

"É verdade que não é assim, e eu amo compartilhar o que você tem comigo."

Os amantes param de falar e começam a se mover mais rápido, ambos tão perigosamente perto de seu clímax.

Sam empurra repetidamente e Sandy se levanta para encontrar cada um de seus impulsos enquanto eles dançam em alegria primitiva.

"Oh Sam, vem comigo ... eu já estou lá ..."

Sandy suspira e se torce enquanto seu rosto se contorce com uma paixão descontrolada, enquanto ondas de músculos contraídos se apoderam dela e irradiam prazer através de seu corpo.

"Oh Sandy ..."

O corpo de Sam se enrijece e ele a segura em seus braços enquanto transfere toda a sua energia de seu pênis pulsante para o corpo acolhedor de Sandy.

O leite dele flui para ela, enquanto o suco dela flui em torno de seu grande pênis, em um êxtase líquido.

Colocando os dois sem fôlego no colchão, eles dão as mãos enquanto os batimentos cardíacos diminuem.

"Isso foi muito melhor do que os pós rápidos usuais, você não acha?" Sam sorri maliciosamente para Sandy.

"Ah, sim, e a viagem do meu marido foi útil. Para que pudéssemos aproveitar melhor o nosso quarto."

"Bem, querida, eu realmente não queria gastar toda a minha paixão acumulada para levar minha esposa para a cama. Eu queria dar tudo para você."

"E eu queria que você desse tudo para mim. Eu diria que tivemos o nosso desejo, certo?"

"Sim. E ainda temos tempo para mais, já que minha esposa não está me esperando em casa em breve ... "

"Ótimo! Nós vamos ter que colocar esse pau gostoso de volta no duro "Sandy disse enquanto se inclinava para lamber seu pau novamente ...

FIM

ESPOSA DOMINANTE

CAPÍTULO 1

Tudo começou inocentemente.

Sempre fantasiei com minha esposa tendo mais controle na cama e, quando ela perguntou se poderia me amarrar, aproveitei a oportunidade.

Ele tirou algumas das minhas velhas gravatas do armário e me amarrou de pernas abertas na cama.

Então, em vez de cavalgar, ele me vendou.

Isso foi bom, não o que eu esperava, mas foi um toque legal.

Por fim, meu desejo foi atendido, mas parecia que havia esquecido algo.

Algo muito importante.

Como eu disse, sempre fantasiei com minha esposa assumindo o controle.

Nunca imaginei que ela fosse tão boa nisso.

Ela me provocou implacavelmente, chupando-me com força e, em seguida, deslizando seu sexo suculento sobre meu peito e de volta em minha boca para eu comer, o tempo todo beliscando meus mamilos ou batendo meu pau contra meu estômago.

"Por favor, Senhora, eu preciso gozar. Eu realmente preciso disso agora."

Ele não tinha certeza de quando começou a chamá-la de Senhora durante os jogos noturnos, mas parecia muito mais fácil agora que tinha começado.

"Mmmmm ... o escravo está com tesão? Ele quer ser fodido?"

Eu nem tive tempo de me perguntar sobre sua mudança de tom ou como ela me chamava, porque houve uma intrusão que não deveria ter havido.

Ela estava enfiando um dedo lubrificado na minha bunda apertada, algo que ninguém tinha feito antes.

"Não-uh-huh," eu rosnei, tentando impedi-la, mas era tarde demais.

Ele empurrou seu dedo de sondagem todo o caminho para baixo e começou a empurrá-lo para dentro e para fora da minha bunda.

Quanto mais eu fazia, mais percebia que não era tão ruim quanto pensava.

Eu me sentia cheia, mas toda vez que a tirava, parecia perigosamente que eu deveria ir ao banheiro.

Mas assim que superei isso, me senti muito bem.

Inferno, quem ele estava enganando, era realmente bom.

"A escrava gosta, certo?" Perguntou minha esposa.

Era difícil admitir, mas concordei.

"Sim..."

Ela retirou os dedos.

Rezei para que ele fizesse de novo e se masturbasse ao mesmo tempo.

Mas em vez disso, eu a ouvi espremer um pouco mais de lubrificante e lubrificar a entrada da minha bunda novamente.

"O escravo quer dois dedos em sua bunda?" ela perguntou.

Nunca tinha ouvido minha esposa falar sujo antes.

Exceto pelas poucas vezes em que ela estava perto do orgasmo e me disse para foder sua boceta.

Mesmo assim, ele duvidou, como se tivesse medo de dizer uma palavra tão travessa.

Essa nova atitude dela foi totalmente inesperada.

Depois de anos sendo o dominante, foi uma grande mudança ser de repente a pessoa cujos limites estavam sendo empurrados.

Era erótico, sim, mas também era um pouco assustador.

"Sim", respondi.

"O escravo deve dizer 'Sim, faça isso, Senhora.'"

Por que ele continua me chamando de The Slave?

Deve ser uma espécie de dramatização.

Foi um pouco assustador e desconfortável, mas não o suficiente para aliviar minha necessidade de me libertar.

“Sim, a escrava quer, Senhora,” eu disse.

Ela empurrou seus dedos dentro de mim.

Antes eu me sentia cheio e era um pouco estranho, mas dessa vez era como se eu estivesse sendo esticado... alargado.

E quando ele começou a me foder, eu podia ouvir os sons molhados de seus dedos lubrificados entrando em mim.

Isso me fez sentir um pouco suja.

Eu sabia que de alguma forma estava desistindo de mais do que minha virgindade anal, porque a sensação de controle que eu tinha era totalmente dela.

Fiz o meu melhor para evitar que meu corpo reagisse.

Eu tentei parar os grunhidos e gemidos que queriam sair da minha boca, tentei parar o impulso dos meus quadris e a abertura das minhas pernas, mas foi tudo inútil.

"Que vadia. O escravo adora, não adora? O escravo adora ser fodido no cu. Ele adora ser 'usado'."

"Sim," admiti, incapaz de evitar, mas lutar contra a situação, aceitando o papel que ele me deu e me abrindo para seus dedos.

Em pouco tempo, ele estava empurrando contra ela.

"A escrava adora. A escrava quer vir", implorei a ele.

Minha esposa manteve os dedos imóveis e eu continuei a me mover contra ela o melhor que pude, apesar de minhas restrições.

Eu sabia o que estava fazendo.

Ele estava admitindo que o amava.

Que ela não estava me forçando.

E eu não me importei.

"A escrava adora. Minha cadela adora em sua bunda suja, certo?"

"Sim, o escravo quer."

Ela tocou meu pau.

"É muito difícil para o escravo. Ele é uma prostituta por querer isso. Aposto que ele quer vir agora."

"Mmmm" eu gemi. "A escrava realmente quer vir agora."

"Mas o que a escrava faria algo para gozar, hmmmm?" ela perguntou.

"QUALQUER COISA!" Eu gemi.

"Qualquer coisa?" ela perguntou. "O escravo está seguro?"

"Sim," ele estava quase sem fôlego. "O escravo está muito seguro."

"Você deixaria o amante de sua Senhora te foder? Você nos deixaria fazer isso aqui mesmo com a escrava no quarto?"

CAPÍTULO 2

WOW, isso foi muito confuso.

Eu era amante da minha esposa, certo?

E a casa estava vazia, certo?

Um jogo. . . Isso tinha que ser.

"Sim, senhora", respondi.

Ela saiu da cama, saindo do quarto e me deixando ainda querendo.

Eu ouvi o som abafado de falar com alguém.

Não poderia haver mais ninguém.

Ele tinha certeza de que a casa estava vazia.

Mas se estava vazio, com quem ele estava falando?

Eu gostaria de não estar com os olhos vendados.

A sala de repente ficou muito fria e o jogo não parecia mais um jogo.

Meu desamparo e a situação em que me encontrava finalmente tocaram minha alma.

A porta se abriu e eu fiz o meu melhor para fechar as pernas na tentativa de proteger qualquer modéstia remanescente.

"Aqui está", disse minha esposa. "Como eu disse a você. A vadia que gosta de ter seu traseiro fodido."

Percebi o que havia esquecido antes: uma palavra de segurança.

Eu não tinha nenhum.

Minha esposa havia mencionado foder seu amante, mas pelas coisas que ela estava dizendo, eu poderia ser o único fodido.

Eu quebrei.

Mesmo que fosse um jogo, havia se tornado muito intenso.

Eu puxei minhas restrições.

"Querido," implorei a ele.

Era difícil para mim respirar.

Comecei a derramar lágrimas que foram absorvidas pela gravata que cobria meus olhos.

"Shhhh", disse ele, me acariciando, me tranquilizando. "A raposa está com medo?"

"Sim," eu admiti.

Ele podia respirar um pouco mais fácil agora, mas ainda estava tremendo.

Felizmente, minha esposa removeu a venda.

Eu olhei ao redor da sala.

Não havia mais ninguém lá.

"Melhor?" ela perguntou.

"Sim," suspirei de alívio.

"Bom", disse ela, enquanto subia na cama e montava no meu rosto.

Mas seu sexo estava fora do meu alcance.

Ela espalhou os lábios molhados de seu sexo e deslizou um dedo dentro, se fodendo, brincando comigo, me provocando, se perguntando o quanto eu o queria.

Então ele manteve seu sexo aberto abaixando-o para minha boca esperando.

No entanto, quando tentei beijá-la e dar-lhe prazer, ela se afastou, rindo.

"Olha", disse ele para ninguém em particular. "Eu disse que era uma prostituta. Minha própria escrava fraca."

Ele empurrou um dedo molhado em minha boca.

Eu estava encharcado com seu sabor.

Eu chupei, deixando-o limpo enquanto empurrava para dentro e para fora dos meus lábios.

"Sim, ele é meu 'escravo fraco', certo?" ela me perguntou, como se estivesse falando com um bebê.

"Eu sou, quero dizer, sou sua escrava, Senhora", respondi.

"A escrava está aquecendo sua Senhora e fazendo sua Senhora querer o grande e gordo pau de seu amante."

Minha esposa veio.

Eu esperava sentir sua mão envolver meu pau e me empurrar enquanto eu dava prazer a ela, mas em vez disso, quando sua mão voltou, continha algo que eu nunca soube que tinha: um vibrador!

E não qualquer dildo também.

Isso foi grande.

Muito maior que meu pau e era preto.

Ele o beijou, depois o esfregou entre seus seios e finalmente o deslizou para frente e para trás entre os lábios de seu sexo.

"Deus, eu não posso esperar para sentir seu pau grande e gordo na minha boceta", disse ele, e então colocou o vibrador em meus lábios. "Chupe a porra do pau do meu amante. Torne isso difícil para sua Senhora."

Olhei nos olhos de minha esposa, quase esperando ver um sorriso.

Um sorriso que teria me matado, mas não estava lá.

Em vez disso, seus olhos se estreitaram de prazer.

Separei meus lábios e o chupei, saboreando o látex e o almíscar de seu sexo.

Ele bombeou para dentro e para fora da minha boca por alguns minutos e em meus lábios enquanto o beijava.

"Minha senhora é a porra do pau do escravo também, certo?"

Eu não consegui responder, mas o vibrador na minha boca dizia muito.

"Ele está pronto agora, não seja vadia gananciosa." ela disse, puxando-o para fora da minha boca. "Eu vou libertá-lo agora. Ele vai ser um bom escravo de sua Senhora?"

"Sim, senhora", respondi, enquanto ela desamarrava minhas amarras.

"Basta lembrar ISSO", disse ele, apontando para o meu pau, "Ele pertence a mim."

Quando eu estava livre, ela me colocou no meio da cama, ainda de costas.

Uma vez lá, ela montou meu rosto e, em seguida, alcançou atrás dela e empurrou o vibrador para seu sexo.

"Oh Deus," ela engasgou, enquanto o empurrava para dentro. "Que idiota. Umm-mmm-tão grande."

Fiquei momentaneamente com ciúme.

Sim, com ciúme de um objeto inanimado.

Da minha posição, pude ver que ele a estava esticando e preenchendo de uma forma que eu nunca poderia.

Eu tentei não deixar isso me incomodar enquanto atacava seu clitóris com minha língua com entusiasmo renovado.

"Olha", disse ele, falando com seu amante imaginário. "Olha, eu te disse que a vadiazinha queria ver você me foder. Oh, amor, seu pau é tão grande e é tão bom. Você vai me fazer gozar, você vai me fazer gozar em todo o rosto dela."

Ela gritou de prazer e seu corpo ficou tenso.

Ela pressionou seu sexo contra minha boca com força esmagadora, enquanto batia em mim.

"Porra, porra, porra, porra."

Ela puxou o vibrador de seu sexo e cobriu minha boca com a abertura de seu sexo.

"Prove meu leite, beba", ele ordenou.

Enquanto bebia bem dela, ela bombeou meu pau.

Quando balancei meus quadris em resposta, senti o consolo pressionando contra minha bunda.

"Abra as pernas, vadia. Entregue-se ao meu amante", minha esposa exigiu.

Ele não estava pronto para isso e estava indo longe demais.

"Faça uma prostituta", disse ele.

Sua voz não admitia desobediência.

Eu abro minhas pernas.

Ele não apenas me chamou de prostituta, mas também me senti como uma.

Ele empurrou o vibrador contra minha bunda, tentando forçá-lo.

Não funcionaria.

Tentei relaxar.

Tentei suportar, mas era muito grande e doeu muito.

Eu gritei toda vez que ela empurrou.

"É muito grande para o escravo, não é?" ela perguntou com simpatia. "É um pau muito grande para sua bunda suja."

Eu balancei a cabeça, aliviado.

Minha bunda ainda queimava.

"Diz!" exigiu.

Quando eu queria que minha esposa assumisse o controle, não tinha pensado nisso.

Ele deveria me amarrar e então fazer o que eu queria que ele fizesse.

Em vez disso, ela estava me fazendo fazer o que "ela" queria fazer e dizer o que "ela" queria que eu dissesse.

"Ele é, ele é muito grande", Deus, era difícil dizer.

Quase me ferrou mais admitir do que qualquer outra coisa, mas eu sabia que não havia como suportar.

"É muito grande para a minha bunda suja."

Felizmente, ele largou o vibrador e pressionou os dedos contra meu buraco enrugado.

Eles escorregaram facilmente.

Eu gemi em resposta.

"Mas meu escravo gosta dos dedos de sua Senhora, não é? Ele precisa abrir mais as pernas e tirá-las do caminho de sua Senhora."

"Sim, a escrava gosta muito mais assim."

Eu fiz o que ela disse, colocando minhas mãos atrás dos joelhos e puxando minhas pernas até o peito.

"Mais", disse ela. "Me deixa."

Eu me levantei um pouco mais.

Minha bunda saiu da cama.

Eu podia facilmente ver como ela estava bombeando meu pau com uma mão e acariciando minha bunda com a outra.

"Oh sim, é isso. Deixe comigo." Ela olhou para mim como se pertencesse a mim. "É tudo meu, certo?"

"Umm sim", eu rosnei.

"A escrava se sente uma prostituta?" ela perguntou. "Ele se sente como 'minha' puta?"

Eu me senti uma puta.

Nenhum homem que se preze estaria na posição em que se encontra.

Pior, eu adorei.

"Sim", eu rosnei em resposta.

Foi minha imaginação ou foi minha voz mais aguda?

"Sim, minha escrava parece uma prostituta e até soa como uma prostituta. Como ele poderia não se sentir uma prostituta?" ela disse, e eu gemi em resposta. "Você o quer, não, vadia. E ele vai me dar todo o seu esperma, certo? Oh sim, ele quer tanto gozar, mas o que minha escrava faria para gozar?" Ele disse, liberando meu pau e rolando minhas bolas inchadas em sua mão, enquanto continuava a sondar meu ânus.

"Qualquer coisa", eu respondi e quis dizer isso.

Minhas bolas pareceram explodir.

"Minha escrava beberia o sêmen do amante de sua Senhora? Ele limparia seu pau sujo?"

"Sim! Por favor, qualquer coisa, por favor, deixe-me ir"

"Então reclame sobre isso, vadia."

"Ugh, oh sim!" Eu implorei em resposta.

Ela segurou meu pau pela base e jogou contra a parte inferior, me provocando.

"Cadelas não reclamam assim. E ela disse que era minha cadela, certo?"

"Sim. Sim ... Eu ... Ela é ... sua puta", respondi e fui recompensada com um beijinho na cabeça do meu pau.

Eu me preparei por dentro.

Eu realmente poderia fazer isso?

O que minha esposa pensaria de mim quando eu fizesse?

Como seria nosso relacionamento mais tarde?

Eu não pude evitar.

"Mmmmmm" Eu gemi baixinho.

Não foi um gemido muito masculino.

Estava longe disso.

Foi o gemido de uma mulher.

O tipo que ouvi, não de minha esposa, mas de assistir fitas de sexo.

Ela me recompensou chupando a cabeça do meu pau em sua boca e puxando-o novamente.

"Isso é melhor, mas ela pode fazer melhor do que isso, certo?"

Eu podia sentir o sêmen fervendo dentro de mim.

"Mmmmm- uuhhhhh" Eu rosnei mais alto.

Ela tirou a boca do meu pau com um estrondo.

"Sim, é isso. Esse é o tipo de som que uma cadela faz. Esse é o tipo de som que sua Senhora quer ouvir, mas sua Senhora quer mais antes de permitir que seu escravo venha. Ela quer o pacote completo."

Todo o pacote?

O que ela queria?

Foi muito difícil pensar.

Meu corpo estava pegando fogo.

Eu estava desesperado para vir.

Pensei em algumas das fitas pornôs que costumava assistir.

Qual garota foi a melhor?

O que eu acho que foi a maior vadia?

Que fez ela?

Lembrei-me da fita e lembrei-me da menina, uma loira magrinha.

Parecia que eles a estavam matando enquanto eram fodidos, mas ela deu o seu melhor.

Ela abriu as pernas e as puxou para trás a cada estocada.

Ela mordeu o lábio, brincou com os mamilos, chupou o dedo.

Ela falava sujo.

Ela era uma esganiçada.

Mas querido Senhor, eu poderia fazer isso?

Eu tinha certeza de que era o que minha Senhora, quero dizer, minha esposa queria?

Eu rezei para que isso acontecesse.

"Mmmmmm, foda-me. Dê-me com força."

Eu afastei minhas pernas, me entregando a ela, e mordi meu lábio inferior.

Ele esperava que fosse o que ela queria.

Se não fosse, eu teria feito papel de idiota ainda maior.

Eu o senti adicionar outro dedo aos dois que ele já estava enfiando na minha bunda e ele chupou meu pau com sua boca.

Isso 'era' o que ela queria.

E descobri que poderia dar a ele.

Foi fácil depois que comecei.

Eu belisquei meus mamilos.

Eu mordi meu lábio.

Eu me empurrei em seus dedos.

Eu falei sujo.

Oh Deus, odeio admitir, mas até gritei.

Ela bombeou seu rosto para cima e para baixo em meu pau em movimentos curtos que mantiveram o ritmo com os dedos bombeando minha bunda.

Para cima e para baixo, para dentro e para fora, comigo chorando a cada estocada.

"Ugh-Ugh-Ugh. Oh Deus, mmmmmmmmmm, eu vou gozar!" Eu gritei.

Minhas bolas se contraíram, bombeando esperma quente, e meus gritos foram abafados por seu sexo, quando ele se inclinou sobre mim mais uma vez.

Parecia que minha alma estava escapando em explosões poderosas do meu pau enquanto tudo estava sendo sugado para dentro da cavidade de sua boca.

CAPÍTULO 3

Quando terminei, estava fraco, atordoado e deitado na cama como um lençol amarrotado.

Ela escalou meu corpo e montou em mim, ajoelhando-se e prendendo meus braços sob seus joelhos.

Ela sorriu, seus olhos brilhando com poder e luxúria.

Meu esperma brilhou entre seus lábios contra o vermelho pintado de seu batom.

Ele ergueu o vibrador e o colocou sob sua boca.

Seu sorriso se tornou perverso quando seus lábios franziram e meu esperma vazou de sua boca em uma longa mecha, pousando em seu pau preto e escorrendo por seu comprimento.

"Chupe escravo. Deixe meu amante gozar em sua boca."

Não quis fazê-lo.

Eu provavelmente teria ficado ansioso alguns momentos atrás, mesmo quando disse que ficaria.

Mas agora não estava mais ligado.

Fiquei satisfeito e o jogo deveria acabar.

Eu não queria mais jogar.

"O escravo prometeu, não foi?"

Meu sêmen já estava se afastando da cabeça do pau, formando uma longa mecha em direção aos meus lábios.

Ele ia me bater de qualquer maneira, certo?

Então, como eu ficaria com meu esperma no rosto?

Eu abri minha boca.

A cadeia de sêmen entrou.

"Sim ..." minha esposa sussurrou, seus olhos brilhando. "Sim, é isso. Deixe meu amante gozar em sua boca ... mas não engula, ainda não."

Minha esposa empurrou seu pau entre meus lábios.

Eu podia sentir o gosto amargo do meu sêmen contra o gosto do látex no meu pau.

Não foi a primeira vez que tentei.

Mas ter um bocado de esperma preso entre meus dentes e cobrindo o vibrador de borracha estava muito longe de acidentalmente provar o que sobrou dos lábios de minha esposa depois de receber um boquete.

A mão de minha esposa foi para sua virilha, os dedos viraram sobre seu clitóris.

"Deus, você é tão quente, minha pequena escrava covarde!" ela gemeu. "Tão sujo. Vadiazinha."

Ela bombeou o vibrador para dentro e para fora da minha boca.

"Você vai me fazer gozar de novo", ele engasgou, puxando o vibrador da minha boca e jogando-o de lado. "Abra sua boca. Abra engolindo porra e deixe-me ver, deixe-me ver porra do meu amante."

Abri minha boca e coloquei o sêmen na minha língua.

Minha esposa enrijeceu, sua pélvis saliente quando ela teve um orgasmo.

Ela me agarrou com os braços e as pernas, me abraçando com força.

Ela me beijou com fome e passamos meu sêmen para frente e para trás, trocando-o.

Ela desabou em cima de mim e não se mexeu.

Eu também não consegui.

Nossos dois corpos emaranhados como uma espécie de quebra-cabeça suado.

Eu estava exausto e doía.

Mas foi uma dor boa.

Eu estava me perguntando o que tinha acontecido e como isso afetaria nosso relacionamento.

Foi incrível.

Nunca gozei assim antes na minha vida.

Eu me perguntei se ele tinha sido um verdadeiro amante.

Você já teria gostado?

Eu estava me perguntando se ela queria fazer isso de novo.

Eu me perguntei sobre muitas coisas.

Minha esposa tirou a cabeça do meu peito.

"Uau", disse ela.

Foi o eufemismo do ano, mas eu me senti muito mais autoconfiante na época.

"Uau, você está certo." Eu respondi.

Ela sorriu, não um sorriso malvado como antes, mas um pouco brincalhão e se não fosse minha imaginação, talvez um pouco tímido também.

"Você acha que talvez da próxima vez possamos ver se meu amante tem um amigo que ele possa trazer, talvez alguém que seja um pouco menor para você?"

Era incrível como ele conseguia dizer com calma aquelas coisas que podiam significar uma série de coisas.

Mas tudo o que ela queria dizer, ela sabia a resposta que queria dar:

"Isso seria bom", respondi.

"Mmmmm ..." ela me beijou novamente. "Você está muito sujo."

FIM

REQUISITOS PARA SER UMA BOA SECRETÁRIA (INTERRACIAL)

CAPÍTULO 1

Foi emocionante ver a jovem aspirante a secretária negra sentada na frente da minha mesa, especialmente sabendo o que eu sabia sobre ela.

As roupas que ela usava eram de poliéster barato de uma dessas lojas de descontos.

Era o mesmo que ele usava em sua primeira entrevista, exceto que ele tinha uma camisa diferente.

Ela tinha um belo conjunto de seios e parecia muito doce, muito inocente.

Ele estava sentado recatadamente com as pernas cruzadas, os nós dos dedos escuros, mas um tanto esbranquiçados, eram visíveis por suas mãos entrelaçadas e seu pé balançando nervosamente.

Cada vez que ela abria as mãos, era para inserir um piercing frouxo que parecia nunca ficar no lugar atrás de sua orelha.

Ele olhou ao redor do meu escritório para ver tudo, mas raramente parava para me olhar nos olhos.

Eu estava claramente nervoso.

E ela tinha todo o direito de ser.

CAPÍTULO 2

"Gloria, acho que estou preparado para lhe oferecer uma oferta de trabalho, mas há uma irregularidade em sua inscrição que devemos discutir primeiro", disse eu.

Seus olhos verdes se arregalaram como pires e se moveram de um lado para o outro ainda mais nervosos.

Ela engoliu em seco.

"Oh, o que é isso?"

"Bem, você vê," eu disse a ele. "Chegou ao meu conhecimento que existem algumas, vamos chamá-las de irregularidades, que você não mencionou em sua candidatura de emprego. Por exemplo, a pergunta na segunda página sobre se você já foi condenado por um crime que respondeu dizia não. No entanto, Quando fiz uma verificação de antecedentes, descobri que você foi condenado por furto. O que você fez? Você acha que eu não iria verificar? "

Ele tentou, sem sucesso, conter as lágrimas.

"Por favor", disse ela. "Eu tentei ser honesto antes. Mas eu nem consigo entrevista quando eles o vêem. Eu estava passando por um momento difícil na minha vida e recebi aconselhamento para ele ...".

"Roubo", eu a incitei.

Suas bochechas ficaram vermelhas.

"Sim. E isso nunca vai acontecer novamente."

Ela balançou a cabeça como se dissesse, de jeito nenhum, não como, não eu.

Ele estava quase choramingando agora, um gesto emocional, o que era bom.

Acho que é muito mais fácil lidar com as mulheres depois de terem chorado bem.

Sendo o cavalheiro que sou, abri minha gaveta e dei a ele uma caixa de lenços de papel.

"Obrigado", disse ele, enxugando o nariz e as bochechas.

"Isso é bom", eu disse. "Você e eu conversando assim ... colocando toda a merda para fora. Porque é isso que vai acontecer daqui em diante: honestidade completa. Você acha que pode fazer isso? Seja completamente honesto?"

"Sim." As lágrimas já estavam secando.

Ela ainda era bonita, mesmo com a maquiagem escorrendo.

"Há quanto tempo você está procurando trabalho?"

"Dois anos."

"Como você consegue sobreviver? Namorado ou pais?"

"Pais".

"Essa é a única roupa profissional adequada que você tem?"

"Sim..." Ele olhou para baixo e esfregou a mão sobre o tecido brilhante como se quisesse fazê-lo desaparecer. "Sinto muito."

"Não há nada do que se arrepender", disse eu. "Olha, vou ser honesto com você. A situação é contra você. Alguém pode entrar aqui e com muito menos do que você tem no questionário, conseguir muito mais do que você jamais obteria, se é que me entende. Eu, por exemplo. Não sou muito alto e era quase careca no ensino médio. Você acha que não tive que me arranhar, cotovelar e tropeçar nessa situação? Deixe-me contar. Tive que trabalhar cinco vezes mais do que deveria se tivesse era mais alto e parecia mais executivo. Era tentador desistir tantas vezes, mas eu tinha um objetivo em mente. "

Seus olhos se espantaram.

A choradeira e talvez minha fala provavelmente a fizeram se sentir muito positiva neste momento.

E ela precisaria de toda positividade que pudesse lidar.

"Então, Gloria, deixe-me fazer uma pergunta. Você está disposta a ter um objetivo em mente?"

"Sim senhor."

Ela estufou o peito com orgulho, deixando-me dar uma boa olhada em seus seios de marfim deliciosos.

"Sim, estou", concluiu.

"Ótimo. Você tem coisas ótimas para você que eu nunca tive. Por um lado, você tem grandes olhos verdes e um par de lábios sensuais. Lábios que ... bem, honestamente, lábios que os homens chamam de lábios. eles são feitos para sugar. "

Os grandes olhos verdes mostraram espanto novamente, mas eles ainda eram bonitos.

Os lábios, os lábios me deixaram ainda mais duro, como uma pedra.

Ele pegou sua carteira de couro da minha mesa e se levantou.

"Largue isso, Gloria, e fique sentada. Estamos conversando honestamente, não estamos? Dois adultos. Você e eu. Agora me responda uma pergunta. Você já fez sexo oral antes?"

"Sim, mas isso foi-foi-foi com meu namorado."

"E ela provavelmente parecia muito melhor do que eu. Bem, eu já contratei garotas antes. Garotas que eram mais bem avaliadas. Garotas que não tinham antecedentes. Garotas que nunca roubaram nada. Vê para onde estou indo por aqui?

Ele sentou-se novamente, agarrando a carteira desesperadamente.

"Sim senhor."

"Ótimo. Então não vamos ser mais inocentes aqui, nem como você comigo. Você e eu não somos tão diferentes. Agora você me entende?"

"Não", ele conseguiu pronunciar.

"Você pode me dizer o que há de errado com isso? Estou limpo. Não tenho nenhuma doença. Não espero sexo. Só um pouco de mel para os meus olhos que vai me excitar e um rápido boquete ... e é isso."

Bem, eu não estava sendo completamente honesto aqui.

Eu esperaria boquetes, muitos deles, e bem feitos, até profissionalmente.

E colírio para os olhos.

Veja bem, ela é um bom colírio para os olhos.

Ela estava olhando para o lado.

Eu estava pensando no que era bom.

"Sem sexo?" ela perguntou.

"Isso mesmo. Nada de sexo. Só um boquete rápido, assim como o presidente dos Estados Unidos. Sexo é superestimado de qualquer maneira. Eu prefiro boquetes. Com sexo você tem que se preocupar com as preliminares e toda a carreira. . Com sexo, você tem que se preocupar em beijar, amar e abraçar depois. Com boquetes, as coisas são muito mais simples. Boquetes são apenas para o prazer. Boquetes permitem que você retenha seu poder. Você pode receber um boquete em quase qualquer lugar e Mais importante ainda, nunca tive um boquete ruim.

Ele continuou pensando, mas ele não disse não.

Ela só precisava que ele vendesse bem.

E sou bom em vender coisas.

"Olha, pense nisso como um trampolim. Isso vai tirar você da casa dos seus pais e sair por conta própria. Você também terá um emprego e sabe o que eles dizem. É mais fácil conseguir outro emprego quando você tem um emprego."

Ele piscou a última lágrima e olhou para minha virilha.

"Você realmente vai me dar o emprego?"

Eu queria sorrir.

Tive vontade de rir.

Ela estava comprando o lote inteiro.

Fiz o meu melhor para conter minhas emoções.

"Eu disse a você, não disse?"

"Ok ... ok, eu farei isso."

"Ótimo. Por que você não fecha a porta e fecha?"

"Agora?" ela perguntou incrédula.

"Isso mesmo. Não somos amigos. Não somos amantes. Esta é apenas uma relação de negócios. O que você acha que eu vou fazer, acreditar na palavra de um ladrão condenado?"

"Mas há pessoas lá fora."

"E a porta será fechada", disse a ele. "Olha, pegue suas coisas e vá ou levante-se e feche a porta."

Ela se levantou, trancou a porta e ficou paralisada.

Jesus, isso não seria tão difícil do que eu pensava.

CAPÍTULO 3

"Agora venha aqui. Essa é minha garota. Nah, não se sente. Dê-me um pequeno show primeiro ... um colírio para os olhos para me deixar no clima."

Ele já estava duro como uma rocha, mas queria que ela trabalhasse para isso.

"Não entendo."

Ela entendeu muito bem.

Ele só precisava ser informado, ele queria que fosse ideia minha.

"Sabe, um pequeno strip-tease. Nada extravagante. Um pequeno show, nada complicado, um flash de calcinha, e me mostre seus seios. Me deixe no clima, garota. Caso contrário, você estará lá o dia todo."

Ela fez uma tentativa patética de mostrar um pouco de coxa e umbigo.

Minha ereção estava desaparecendo.

"Olha, é melhor você começar a levar isso a sério. Eu poderia começar com vinte mil ou trinta mil", disse eu. "Pense nisso."

Isso fez a diferença.

Ela não era boa, mas com o tempo aprenderia.

Ele sabia o suficiente para mover os quadris e esfregar as mãos sobre o corpo.

Ela me deu um vislumbre de sua calcinha de algodão branco.

Eu fiz uma careta.

Ela corou.

"Essa calcinha terá que ir. Não agora, mas você deverá usar algo muito mais sexy de agora em diante."

Lentamente ela desabotoou a blusa.

"De onde você tira sua calcinha, da balança? Não, não responda. Venha, tire. Você também pode comprar algo que você possa desenganchar pela frente, porque eu vou querer ver seus seios toda vez que você me excitar."

Ela tirou a blusa e colocou-a cuidadosamente sobre a mesa.

Então ela puxou as alças do sutiã de seus ombros e timidamente tentou rolar.

"Não volte", eu disse "Quero ver você bem."

Ela torceu o sutiã e abriu o fecho.

Seus seios eram grandes, com aréolas rechonchudas e irregulares e mamilos longos e pontiagudos.

Mmmm, meus favoritos.

Se ela fosse minha namorada, ela os teria beijado.

Mas as coisas são como eram, então por que se preocupar em pensar nisso?

Eu me inclinei na minha cadeira e abri minhas pernas.

"Tire meu pau para fora."

Ele puxou meu pau para fora da minha calça e segurou-o na mão, bombeando-o lentamente.

"Você sabe a diferença entre um boquete e uma punheta, certo Gloria?"

Ele olhou para o pau em sua mão e acenou com a cabeça.

"Beije-o de cima a baixo. Essa é uma garota. Observe-me fazer isso para que eu possa ver aqueles lindos olhos verdes."

Ela olhou com expectativa entre minhas pernas.

Ela era perfeita.

Eu sabia que não seria capaz de me conter por muito tempo com ela fazendo isso comigo.

"Agora chupe. Cubra os dentes com seus lábios carnudos, sim, esses lábios sugadores. Mmmmm ... oh sim. Você foi feito para chupar pênis, sabia disso? Agora o que eu quero que você faça é de vez em quando enquanto você faz isso. você tira da boca e abre os lábios e beija minha cabeça ".

Ela fez o que pedi, mas não foi o efeito que eu estava procurando.

"Não Assim não." Eu levantei meu pau e o guiei sob seu pescoço, então levantei seu rosto. "Franzir os lábios grossos e abrir um pouco a boca."

Ela fez.

A cabeça do meu pau agora estava emoldurada por seus lábios de batom enrugados.

Foi perfeito.

"Isso é lindo, agora eu quero ver isso saindo da sua mandíbula. Merda, não, não assim. Aqui, deixe-me ajudá-lo."

Virei sua cabeça para que sua mandíbula se projetasse do meu pau.

Seus lábios grossos estavam em volta do meu membro.

Deus, ela era tão gostosa.

"Olhe para mim, Gloria."

Ela olhou para mim com aqueles grandes olhos verdes, enquanto lambia a parte inferior do meu membro com sua língua de veludo.

"Porra, você é sexy. Aposto que seu namorado quer que você faça isso com ele assim o tempo todo." Eu disse a ele, fazendo suas bochechas ficarem vermelhas. "Vamos, baby, estou pronto para gozar agora. Chupe-me. Chupe-me forte e rápido e segure minhas bolas."

Ela desceu sobre mim, me fodendo com sua boca quente.

Era óbvio que ela tinha feito isso antes, e muitas vezes, e tinha caído no ritmo.

No entanto, ele queria que fosse sua tarefa usual.

Ele iria torná-la a Rainha dos Boquetes antes que ela conseguisse outro emprego.

"Mais rápido, Gloria, mais rápido," insisti, mantendo seu cabelo fora da minha visão para que eu pudesse vê-la em ação. "Chupar, chupar, chupar, eu não ouço você chupar."

Sua boca sugou e pingou, enquanto ele acelerava e abaixava meu pau.

Eu senti o sêmen subindo.

Eu quase disse a ele 'espera, eu vou gozar'. Você acredita nisso? Eu estava tão acostumada a decolar antes ... Bem retribuindo que quase esqueci que não precisava.

"Ugh, ugh, doce filho da puta. Estou pronto. Estou pronto pra caralho. Não se atreva a parar de chupar", eu a avisei, recostei-me no assento e agarrei os braços com força.

Porra, isso ia ser ótimo.

Senti meu pau inchar e ficar ainda mais forte.

Meu sêmen saiu.

Merda, ela me fez gozar como se eu fosse um adolescente.

Minhas bolas esvaziaram, bombeando meu suco quente em sua boca.

Ela fez um som desconfortável, mas continuou a sugar diligentemente.

Eu puxei meu pau de sua boca suavemente.

Seus lábios estavam fechados e um pouco do meu esperma vazou entre seus lábios franzidos.

"Abra sua boca para que eu possa ver." Disse.

Seu rosto estava vermelho e brilhante e seus olhos lacrimejantes.

Ele claramente não queria, mas no final fechou os olhos e abriu a boca.

"Deixe-me ver sua língua. Uau, com certeza dei uma boa carga, não foi? Não gozo assim há muito tempo", disse. "Vá em frente, você sabe para onde ele está indo agora. Pela escotilha."

Ele fez uma careta, colocou o rosto sorridente mais bonito que eu já vi e engoliu.

CAPÍTULO 4

"Você é um amor maravilhoso. Agora limpe meu pau e coloque-o de volta na minha calça. Depois disso, você pode se limpar."

Ela obedeceu silenciosamente, evitando meus olhos o tempo todo, como se ela fosse uma estranha, o que estava bom para mim.

"Você pode começar amanhã?" Eu perguntei.

"Sim, senhor", ela quase gritou.

"Bom," eu disse, puxando minha carteira. "Vou te dar meu cartão de crédito e quero que você vá comprar algumas roupas sexy. Por sexy quero dizer justas, curtas e finas e não, repito, não compre em lojas de descontos. Novas calcinhas e sutiãs com as mesmas especificações. Eu não me importo com o que as outras mulheres por aqui usam, você vai usar meias e salto alto para trabalhar, todos os dias. Se eu vou ter que olhar para você por oito horas por dia, então espero ver algo interessante à vista.

Ela assentiu, pegando meu cartão de crédito.

"Sorria, querida, espero sorrisos e uma atitude amigável se você for trabalhar aqui", disse eu. "E um agradecimento pela posição seria bom."

Seu rosto se iluminou momentaneamente com um sorriso.

"Obrigada", disse ela.

"Guarde os recibos. Você vai me pagar a tempo."

Deus, foi bom ser eu.

Sou dedicado a uma linda garota ...

CAPÍTULO 5

Dois anos depois...

Gloria entrou no escritório e trancou a porta.

Ela estava quase irreconhecível de como ela chegou aqui no primeiro dia.

Seu cabelo era uma massa de mechas de platina escura.

Sua roupa íntima foi selecionada no catálogo da Victoria's Secret, onde insisti que ela também comprasse todas as roupas de escritório.

Hoje ela usava uma saia listrada que envolvia seus quadris e se dividia até a coxa.

Por baixo de seu paletó esporte apertado, sua blusa branca estava desabotoada até o meio do peito, revelando um sutiã de renda e seus seios redondos e firmes.

Ela não era apenas minha secretária, ela se tornou a fantasia da secretária perfeita para qualquer homem.

Ele carregava uma bolsa no ombro, que colocou na minha mesa.

"Você está particularmente sexy hoje, Gloria. Você está tentando conseguir pontos extras para sua avaliação anual?" Eu lhe perguntei. "Bem, eu posso ser influenciado no último minuto se você me entende. Então me dê um show especial hoje. E é melhor você colocar todo o seu esforço nisso."

Às vezes posso ser um verdadeiro bastardo, certo?

A verdade é que ele já havia feito sua avaliação e estava muito boa.

O melhor que ousei dar a ele.

Gloria me deu um sorriso especial quando colocou a mão na mesa, seus seios jovens e firmes pendiam para baixo na parte de cima, e ela ligou o rádio muito baixo.

Então ele caminhou de volta para a porta, bem, era mais como se pavonear: um pé o movia dentro do outro, balançando seus quadris, trabalhando aquela bunda estreita e estreita do jeito que eu gostava.

Quando ela alcançou a porta, ela empilhou seu longo cabelo escuro platinado sobre a cabeça, se virou e colocou a têmpora dos óculos na boca.

Os óculos foram ideia minha, é claro.

Há algo sobre uma garota sexy de óculos que me deixa duro em um minuto, e eu já estava duro.

"Sr. Anderson", disse ele. "Você já viu meu sutiã novo? É muito sexy. Gostaria de vê-lo?"

"Claro", eu disse. "Eu adoraria."

"Eu não sei", disse ela, os dedos já desfazendo os botões da blusa. "Ele é como meu chefe e tudo mais. Não sei se ficaria bem."

"Mas você gosta de se exibir para o seu chefe, não é? O jeito como você se veste todos os dias, exibindo seu corpo. Você acha que eu não sei o que você está tentando me seduzir? Você acha que todo mundo no escritório não sabe? "

Eu não conseguia fazer ela corar como costumava fazer.

Ele era o único homem em um escritório cheio de mulheres.

E quando Gloria apareceu para seu primeiro dia de trabalho em seus ternos justos e salto alto, um silêncio caiu sobre o escritório quando todas as outras mulheres pararam e olharam para ela, sabendo instantaneamente como a nova secretária havia conseguido seu emprego e como pretendia. mantê-la.

Oh, como Gloria corou com o calor de seus olhares.

Eu estava de joelhos no meu escritório em questão de minutos.

Gloria estava sentada na beirada da minha mesa com suas longas pernas cruzadas.

Sua saia subiu mostrando o topo das meias e a tornozeleira.

Ela abriu a blusa, revelando o sutiã.

Era quase transparente: eu podia ver facilmente o contorno de seu mamilo rosa através do tecido.

"Você acha que é bonito?" ela perguntou.

"Eu realmente não consigo ver muito a dizer ainda."

Ela tirou a blusa e balançou o corpo ao ritmo da música.

"Você pode ver bem agora, Sr. Anderson?"

"Parece bom até agora, Gloria", eu disse a ela. "Mas eu estava me perguntando. Você está usando calcinha combinando?"

"Como você adivinhou?"

Mas você sabe, por mais divertido que fosse jogar o jogo inocente de chefe-secretária, não era o que eu queria hoje.

CAPÍTULO 6

"Gloria, e se pararmos com essa atuação inocente e você pular na mesa. Quero que seja má hoje. Quero que jogue essa merda na minha cara", eu disse. "Ah, e não se esqueça de tirar os calcanhares. Ainda tenho arranhões lá da última vez.

Ele finalmente corou um pouco.

Ela gostava de bancar a inocente ou mesmo a sedutora, mas nunca a stripper.

Felizmente para mim, não o paguei porque ele gostava de seu trabalho.

Sorrindo, eu a observei tirar os saltos e então a ajudei a subir na mesa.

Olha, eu também posso ser legal.

Ela estava de meia e não queria que escorregasse tentando subir na mesa.

Coloquei o rádio em algo um pouco mais legal, um pouco de hard rock ...

Quão apropriado.

Ele dançou, para mim, movendo seu corpo na minha mesa.

Ela se afastou e tirou as alças do sutiã.

Quando ela se virou, segurou o sutiã contra os seios, empurrando-o sedutoramente.

Seus seios bem torneados balançando como frutas frescas, ansiosos pela colheita.

"Vamos, Gloria," insisti. "Funciona para mim. Você sabe como eu gosto."

Ela já deve saber depois de dois anos.

Eu a levei a bares depois do trabalho, para que ela pudesse ver como os profissionais faziam.

Depois disso, ajudei-o em sua prática e dei-lhe minhas próprias sugestões sobre como ele poderia melhorá-la.

Ela se agachou e apertou os quadris, trabalhando sua boceta bem na frente do meu rosto, do jeito que eu gostava.

A pequena tira de pano que era sua calcinha, escorregou entre as dobras dos lábios de sua boceta.

Deus, ela era uma deusa e eu era o chefe mais sortudo do mundo.

"Porra, parece que sua boceta está tentando comer sua calcinha", eu disse a ele. "Vamos, deixe-me ver. Tudo."

Ela se levantou e enganchou os polegares no cós da calcinha.

Virando-se, ela os abaixou um pouco e se inclinou na minha frente para me mostrar seu pequeno ânus.

Em seguida, de volta para a frente, até que eu pudesse ver o leve traço de uma boceta nua.

"Droga, estou duro como uma rocha." Disse. "Deixe-me tirá-los para que eu possa ver aquele seu bebê maricas."

Ela se sentou e colocou os pés calçados com meias no meu colo.

Enquanto eu trabalhava para removê-la de sua calcinha, ela massageou meu pau através da minha calça com os pés.

A boceta de Gloria parecia tão atraente.

Seus lábios raspados molhados se separaram, mostrando sua excitação.

Acima deles havia um pequeno triângulo de cabelo de cinco centímetros de comprimento por dois centímetros de largura.

O próprio tamanho de seu triângulo púbico fazia parte de suas regras de trabalho não escritas, assim como o piercing no umbigo que brilhava em sua barriga.

"Abra essas pernas, baby", eu insisto. "Eu também quero ver o interior."

Um pequeno suspiro escapou de seus lábios, quando ela abriu as pernas e empurrou os quadris para cima.

Sua boceta, tão molhada e aconchegante.

Ele acha que ainda não tinha ferrado?

Por incrível que pareça, era verdade.

Ela fazia meu boquete diariamente e às vezes duas vezes por dia, mas eu nunca entrei em sua buceta.

A julgar por alguns de seus olhares desapontados e seu estado obviamente excitado, eu poderia ter entrado nele muitas vezes se quisesse.

Mas vamos enfrentá-lo.

Ele fazia boquetes sempre que queria e um relacionamento totalmente descomplicado.

A última coisa que ele queria fazer era bagunçar tudo e estragar tudo.

"Vire-se", eu disse a ele. "Eu quero foder sua boca."

Seus olhos imploravam: "Por favor, podemos fazer outra coisa?"

Mas ela obedientemente se virou, inclinou a cabeça para trás sobre a borda da mesa e seu cabelo caiu em cascata no meu colo.

Seus grandes olhos verdes estavam grandes e implorando: "Não faça isso hoje."

Mas era o dia de sua avaliação anual, afinal, e ela não tinha intenção de facilitar.

É por isso que eu queria foder sua boca; algo que ele costumava manter como punição.

Oh, eu sei, ela prefere ficar de joelhos e me fazer bem e ela me faria muito bem.

Ela era uma especialista em bater a língua, chupar bolas, beijos curtos, massagem na língua, provocação uretral, punho retorcido.

Como eu disse antes, ele era o chefe mais sortudo do mundo.

Levantei-me e puxei minhas calças e boxers até os joelhos.

Ela abriu a boca e fez o seu melhor para nivelar a garganta enquanto empurrava meu pau.

"Abra sua boceta para mim", eu pedi. "Eu quero ver essa boceta molhada enquanto eu fodo sua boca."

Ela rosnou e a explosão de ar quente fez cócegas em minhas bolas enquanto ela obedientemente separava os lábios de sua boceta.

Eu estava no céu

Empurrei sua boca de uma só vez até que meu púbis atingiu seu queixo.

Ele podia sentir sua náusea involuntária com a intrusão.

Oh, como ele odiava isso.

Não tanto porque era desconfortável, mas porque ele não conseguia falar bem ao terminar e também causava listras vermelhas em ambos os lados do batom.

Foi constrangedor para ela e ela fez o possível para evitar outras pessoas quando tudo acabou.

E enquanto ela estava indo muito bem, sendo o bastardo que sou, ela geralmente ligava para uma das outras garotas que trabalhavam com ela para pedir um relatório quando ela terminasse.

Só de pensar nisso, o sêmen fervia em minhas bolas.

Porra, pensei no jogo de basquete que assisti na noite anterior, trabalhando em todos os pertences, pensando em outra coisa, para evitar vir muito cedo.

Eu queria saborear o momento.

Quando recuperei o controle, acelerei o ritmo.

Sua respiração estava ficando mais difícil.

Gloria ainda estava segurando os lábios de sua boceta abertos, mas agora um dedo estava dançando sobre seu clitóris em pequenos círculos.

"Você sabe como fazer melhor", eu disse a ele. "Brinque com seus mamilos um pouco."

Estávamos aqui para o meu prazer, não para ela.

Senti seu rosnado zangado vibrar contra meu pau.

Suas longas unhas pintadas de vermelho moveram-se para cima, afunilaram e puxaram seus mamilos.

Merda!

Tive que pensar na atuação do árbitro mais complicada da partida de ontem apenas para recuperar o controle da minha mente.

Eu peguei mais rápido.

Sua garganta estava apertada em torno do meu pau.

Sua respiração engatou.

Porra, porra.

Tentei pensar no jogo de basquete novamente, mas não consegui mais.

Merda, eu gozaria sem remédio.

Mas então, antes que eu pudesse, ela agarrou meu pau, puxou-o para fora de sua boca e se sentou.

"Que porra é essa!" Quase gritei, esquecendo momentaneamente onde estávamos.

Ela tossiu, limpou a saliva dos lábios e apontou o dedo para o meu rosto.

"Eu não posso mais fazer isso", disse ele, sua voz rouca, rouca da minha devastação em sua garganta.

"Do que?" Fiquei surpreso "Você tem outra oferta de emprego? Você foi morar com algum idiota?"

"Não", disse ela. "Olha, eu sei que você tem me dado referências ruins sobre mim ... e você acha que eu não sei como eu sempre pareço fazer hora extra quando estou saindo com alguém. Ou como você aparece na minha casa de repente para verificar se estou com alguém. Que tipo de coisas estranhas só para garantir que ele não encontre uma saída para o nosso acordo? "

"Olha" merda, eu estava duro e precisava gozar. A última coisa que o senhor Polla ou eu queríamos era uma discussão. "Eu sei que posso ser um idiota às vezes, mas cuidei de você, não é? Eu me arrisquei quando ninguém mais teria feito. Você é uma das secretárias mais bem pagas aqui, mas a mais bem paga. E no Dia da Secretária, que sempre tem os melhores presentes?

"Eu não dou a mínima para isso", disse ele. Deus, ela realmente estava brava. "Esse arranjo já é uma merda. E vamos ter que resolver isso com outra coisa."

Ele queria sorrir com seu trocadilho involuntário, mas ela não parecia estar de bom humor.

Tenho certeza de que ele queria ficar com ele.

Ela não era uma má secretária e era incrivelmente atraente, sem falar em suas habilidades orais, que haviam crescido consideravelmente.

Mais importante ainda, o Sr. Polla não queria que eu perdesse a melhor coisa que acontecera a ele desde que descobri a masturbação quando adolescente.

"E mais você quer?" Eu lhe perguntei.

Eu esperava que ela me confrontasse.

Argumentando por um boquete por semana.

Tire uma folga.

Faça-me prometer que lhe darei algumas boas referências.

Em vez disso, fiquei surpreso quando ela se inclinou sobre a mesa, abriu aquelas pernas longas e lindas e se colocou à minha disposição.

CAPÍTULO 7

Era óbvio o que ele queria, mas eu ainda estava um pouco irritada com a maneira como ele comentou a situação comigo.

Não doeu que ele estava de volta no controle da situação novamente.

Então, em vez de transar com ela como um novo terreno, provoquei seu buraco quente com a cabeça do meu pau.

Ela tentou cambalear contra mim, mas eu me afastei e retomei minha provocação.

"Gloria", eu disse. "Não tenho certeza do que você quer. Por que não me diz?"

Ela tentou se empurrar contra mim novamente.

Mais uma vez, era óbvio o que ele queria, mas ele queria ouvi-la dizer isso.

Ela grunhiu, gemeu e arqueou as costas.

Deus, ela era tão fodidamente sexy.

No entanto, eu tinha sofrido pelo menos uma ou duas vezes todos os dias de trabalho nos últimos dois anos.

Eu me senti em uma posição de força muito melhor do que ela.

E, finalmente, ele provou estar correto.

"Eu não me importo com essas coisas, eu só preciso de você dentro", ele engasgou. "Eu preciso de você dentro de mim. Eu preciso que você me 'foda'. Porra, eu preciso tanto de você na minha boceta. Por favor, estou te implorando. Ugh, estou ... oh, Deus, estou tão desesperado."

Isso foi música para meus ouvidos.

"Você estava desesperada por um trabalho e agora está desesperada para ser fodida", disse a ela, ainda provocando sua boceta. "Pessoalmente, gosto do nosso acordo atual. Mas, você tem uma bucetinha gostosa aí embaixo. Você se importa se eu tomar isso como prova de seu compromisso com o trabalho?"

"Simiiiii!" ela gemeu, enquanto eu batia nela e empurrava meu pau duro dentro dela. "Oh sim, é isso, me foda. Foda-me com força."

"Shhh", eu assobiei.

Gloria lambeu alguns dedos para abafar seus gritos enquanto eu aumentava o ritmo.

Deus, ela estava quente e, oh, como estava molhada!

Meu pau brilhava com seu leite abundante.

Não demorou muito para que eu percebesse que iria explodir dentro dela e ainda não estava pronto.

Então eu me retirei e comecei a provocá-la mais uma vez.

Ela gemeu de consternação e tentou recuar e se empalar no meu pau.

CAPÍTULO 8

"Hmm, isso foi bom", disse a ele. "Mas você percebe que ao colocar sua boceta em risco, por assim dizer, você apenas coloca tudo dentro. . . "Enfiei meu pau no meio de sua boceta apertada, parei e puxei-a para fora completamente." E eu quero dizer isso. "Eu movi meu pau cerca de meia polegada para cima e empurrei contra o ânus enrugado e tenso em sua bunda." Que tal brincarmos com a parte sul? Você entende o que eu estou dizendo? Eu quero provar sua bunda por um tempo agora. . . Vamos ver qual buraco eu gosto mais. "

Gloria não se afastou.

Em vez disso, ela empurrou contra mim.

"Ummm, apenas ummm, oh, Deus, por favor, não me machuque", ela gemeu.

"Não deve doer muito com o quão lubrificada você está", eu a tranquilizei. "Apenas tente relaxar." E então eu empurrei em seu ânus apertado.

"Oh Deus. Oh Deus," ela engasgou, lutando para se retirar, mas minha mesa a segurou.

"Mantenha-o abaixado", eu assobiei.

Merda, o que ele estava tentando fazer para nos pegar?

De minha parte, diminuí a velocidade e parei quando ele estava com meu pau meio enfiado em sua bunda.

Devo dizer que foi puro prazer.

Justa?

Apertado, nem mesmo começa a descrever o que senti quando estava em sua bunda.

Era como ter meu pau ordenhado por uma luva de veludo faminta.

Eu o peguei algumas vezes, bem devagar.

Vá mais devagar e mais devagar.

Basta colocá-lo ao meio de cada vez.

Gostaria de ter feito mais, mas Gloria estava fazendo muito barulho, mesmo com três dedos cerrados na boca.

Basta ter paciência, disse a mim mesma.

"Você tem uma bunda gostosa, Gloria", eu disse, puxando seu pau. "Vou ter que fazer isso de novo. Sim, obviamente."

Sua bunda era tão linda e seu ânus estava dilatado e vermelho.

Toquei com o dedo, fazendo-a ofegar, apenas por diversão.

Então, dei a volta na mesa e tirei seus dedos de sua boca.

Ela sabia o que queria, mas virou a cabeça para o lado, tentando evitá-lo.

"Vamos Glória", eu disse. "Por todos os buracos, baby. De que outra forma eu vou saber de qual buraco eu gosto mais? Além disso, terei que vir aqui antes de voltar para onde você quer que eu o coloque. Você sabe o que quero dizer, certo?"

Ela examinou meu pau com um olhar de nojo, mas no final, ela o queria em sua boceta mais do que ela não queria chupar.

Relutantemente, ele abriu a boca e pegou.

Eu segurei sua boca por alguns minutos, então me afastei e voltei para o outro lado da mesa e a virei.

Sua boceta tinha a altura perfeita.

Eu pulei os jogos e empurrei meu pau rudemente contra ela.

Eu bati em sua boceta no tempo da música.

Ela queria que eles soubessem que ela tinha sido fodida.

Gloria estremeceu e gemeu a cada estocada.

"Brinque com sua boceta e chupe seus dedos, baby." Eu disse a ela. "Estou me preparando para gozar e quero um colírio para os olhos."

E eu estava chegando muito perto de gozar e nenhuma brincadeira imaginativa ou pensando sobre o relatório que eu tinha que entregar em uma hora iria atrasá-lo ainda mais.

"Você está tomando comprimido, Gloria?" Eu perguntei, me forçando a desacelerar um pouco.

Ela balançou a cabeça.

"Não," ela murmurou.

"Mas você quer que eu goze dentro de você, certo?" Eu perguntei.

Ela balançou a cabeça, mas não foi o que disse.

"Sim", ela sibilou.

Saiu apenas como um sussurro.

"Então me diga," insisti. "Diga-me onde você quer. Diga-me o que você quer, seu ladrão sujo."

"Eu quero isso na minha boceta ... Eu quero que você goze dentro de mim."

Suas mãos agarraram minha bunda e me empurraram com força dentro dela.

"Eu disse para você parar de brincar com essa boceta?" Eu perguntei.

Ela balançou a cabeça e baixou as mãos de volta para a virilha, retomando o antigo círculo em torno de seu clitóris.

"Mais rápido", eu exigi e com um suspiro, ela obedeceu obedientemente.

Meu ritmo aumentou.

Droga, eu estava chegando perto e ela era linda pra caralho.

E a quantidade de controle que ele tinha sobre ela tornava a situação ainda mais quente do que ela.

Ela era minha secretária, minha última secretária.

Meias, tornozeleira, argola no dedo do pé, argola no umbigo, unhas compridas e cabelo preto platinado eram tudo para mim.

Deveria ser o suficiente para qualquer homem, mas ele queria mais.

"Eu quero que você vá para a clínica depois disso e pegue uma receita para a pílula, ok?" Eu a agarrei pelos mamilos e puxei.

"Sim," ele engasgou.

"Sim que?" Eu perguntei.

"Sim, mmm. Sr. Anderson."

"Eles precisam de exame pra isso, né, Gloria?" Disse.

Oh sim, o sêmen estava aumentando agora.

Isso seria em breve.

"Sim, Sr. Anderson."

"Eu quero que você vá lá quando eu terminar de te foder, entendeu?"

"Uhhmm, sim senhor, Sr. Anderson."

Suas longas pernas enroladas em volta da minha cintura, puxando-me para ela com cada impulso.

Sua boceta me apertou com força.

"O que eles vão pensar de você aparecendo com muito porra, hein Gloria? E é melhor você não ficar no caminho a não ser que queira molhar o lugar", disse a ela.

Eu podia sentir meus espasmos nas bolas.

Eu não conseguia mais me conter, estava nela ou nela.

"Ugh. Eu vou chegar ... onde você quer? Onde você quer?"

Seus olhos estavam fechados e seu rosto contorcido de paixão.

"Em mim! Em mim! Oh Deus! Oh Deus! Goze na minha buceta! Rápido ... porra, porra, eu vou também!" ela gemeu.

Jesus, ela falava alto.

Eu cobri sua boca com minha mão enquanto continuava a foder, bombeando esguicho após esguicho de esperma em sua boceta apertada.

Eu a fodi o mais forte que pude, jogando papéis da mesa no chão.

Gloria se sacudiu sob mim como um bronco, levantando sua bunda da mesa, enquanto segurava meu forte aperto entre suas coxas fortes.

Eu me senti fraco quando terminei, mas ainda havia muito o que fazer.

Quando saí dela, coloquei sua mão em sua boceta.

"Aguente tudo," eu pedi.

Então eu a ajudei a colocar a calcinha.

Quando ele moveu a mão, meu sêmen pingou, manchando sua virilha.

"Você não vai me forçar a sério a fazer isso, vai?" ela perguntou.

"Oh sim," eu disse. "Você vai. E então você vai me contar tudo sobre isso esta noite."

"Esta noite?"

"Sim," eu disse e a beijei. "Esta noite, quando eu te foder de novo."

"Por favor", ele implorou. "Não me obrigue a fazer isso ... eles vão descobrir ... e vão espalhar isso. Oh, Deus, eles vão ver tudo. O que vão pensar?" Ele olhou para o chão, recusando-se a olhar para mim.

"Eles vão pensar que você simplesmente teve a porra da sua vida."

"M-mas o que eu vou dizer?"

Eu levantei seu queixo, forçando-a a olhar nos meus olhos.

"Você dirá: Sim, senhor, Sr. Anderson."

Ele mordeu o lábio trêmulo.

Seus grandes olhos verdes estavam arregalados como pires.

"Sim senhor, Sr. Anderson."

"Além disso, tenho certeza que você vai pensar em 'algo' para dizer ao médico ou enfermeira. Diga a eles que você caiu e pousou no pau do seu chefe no caminho para o almoço." Eu disse a ele e dei um tapinha em sua bunda enquanto caminhava. mansamente fora da porta.

Sim, ser chefe tem seus privilégios.

FIM

www.ingramcontent.com/pod-product-compliance
Lightning Source LLC
LaVergne TN
LVHW091110150826
845673LV00002B/765

* 9 7 9 8 2 3 0 7 9 6 6 8 8 *